Alexandre Dumas

Charles le Temeraire

Tome 1

Anatiposi

Alexandre Dumas

Charles le Temeraire

Tome 1

Réimpression inchangée de l'édition originale de 1860.

1ère édition 2023 | ISBN: 978-3-38270-129-1

Anatiposi Verlag est une marque de Outlook Verlagsgesellschaft mbH.

Verlag (Éditeur): Outlook Verlag GmbH, Zeilweg 44, 60439 Frankfurt, Deutschland
Vertretungsberechtigt (Représentant autorisé): E. Roepke, Zeilweg 44, 60439 Frankfurt, Deutschland
Druck (Imprimerie): Books on Demand GmbH, In de Tarpen 42, 22848 Norderstedt, Deutschland

CHARLES
LE TÉMÉRAIRE

PAR

ALEXANDRE DUMAS

TOME PREMIER

PARIS
MICHEL LÉVY FRÈRES, LIBRAIRES-ÉDITEURS
RUE VIVIENNE, 2 BIS

1860

CHARLES LE TÉMÉRAIRE

PROLOGUE

LA BATAILLE DE POITIERS

Avant de parler des ducs de Bourgogne, disons quelques mots du duché; voyons comment il fit retour à la couronne de France, comment il passa dans les mains de Philippe le Hardi, et ce que c'était que Philippe le Hardi.

Le vieux Philippe de Valois, veuf et libre, allait,

au sortir de la fameuse peste noire qui désola le milieu du XIVe siècle, marier son fils Jean à Blanche d'Artois, sa cousine, lorsque, ayant vu la jeune princesse, il la trouva trop belle pour son fils et l'épousa.

Il avait cinquante-huit ans; elle en avait dix-huit.

Le dauphin Jean épousa, au lieu de sa cousine, la veuve de Philippe de Bourgogne, tué au siége d'Aiguillon.

La veuve avait un fils de quatre ans.

Ce fils, que l'on appelait Philippe de Rouvres, parce qu'il était né au château de Rouvres, et qui, sans doute, garda ce nom parce qu'il y mourut, tenait de sa mère, Jeanne de Boulogne, les comtés de Boulogne et d'Auvergne, et de sa grand'mère, Jeanne de France, les comtés de Bourgogne et d'Artois.

Le duché de l'enfant était donc presque aussi grand que le royaume de France.

Entendons-nous bien sur ce qu'était le royaume de France à cette époque.

Le domaine royal en faisait le fond : il se composait des territoires de Laon, de Reims et de Compiègne; Hugues Capet y avait ajouté le duché de France, comprenant le comté de Paris et l'Orléanais. Ce domaine, tel qu'il était à la fin du XIe siècle, équivalait à cinq de nos départements modernes : Seine, Seine-et-Oise, Seine-et-Marne, Oise et Loiret.

Le Vexin s'y adjoignit par réversion, en 1082; l'Artois, par mariage, en 1180; le comté d'Auvergne, par confiscation, en 1198; le comté d'Évreux, par conquête, en 1200; la Normandie, la Touraine, l'Anjou et le Maine, par confiscation, en 1204; le Poitou et le Berry, par conquête, en 1205; le Vermandois et le Valois, par conquête, en 1215; le vicomté de Nîmes, par cession, en 1259; le comté de Chartres, par achat, en 1286; le Lyonnais, par conquête, en 1307 ; enfin le Dauphiné, par cession volontaire, en 1349.

Et remarquez que, sur les provinces que nous venons de nommer, une — et c'était la principale, la Normandie, — se trouvait hors de la main de nos rois, reconquise qu'elle avait été, en grande partie, par Édouard III, à la suite de la bataille de Crécy.

Les autres, le comté d'Auvergne, la Touraine, l'Anjou, le Maine, le Berry, le Valois, le comté de Chartres étaient souvent données en apanage par les rois à leurs fils, à leurs frères ou à leurs neveux, et se séparaient ainsi momentanément de la couronne; séparation bien réelle, puisque parfois le prince apanagiste, avec les hommes et l'argent de son apanage, faisait la guerre à son roi!

Qu'on nous pardonne cette digression : elle était nécessaire pour ceux de nos lecteurs qui ne seraient pas très-familiers avec l'histoire.

Le dauphin Jean devint donc le beau-père d'un

enfant qui, ainsi que nous le disions, pouvait presque lutter de puissance avec son roi ; substitué aux droits de sa femme, il devint le régent des biens de son beau-fils.

Quant au vieux Philippe de Valois, à partir de son mariage, il alla s'alanguissant de jour en jour, et mourut, en 1350, au château de Nogent-le-Rotrou.

Le dauphin Jean se trouva roi de France.

L'histoire l'a enregistré, dans la série de nos rois, sous le titre de Jean *le Bon*.

Il ne faut pas attacher une trop grande importance à ces titres donnés par l'histoire : l'histoire ne parle pas toujours la langue que nous parlons au XIXe siècle.

Louis XIII a été nommé Louis le Juste, parce qu'il était né sous le signe de la Balance !

Or, au XIVe siècle, Jean *le Bon* ne veut pas dire Jean l'excellent, Jean le meilleur. Non : Jean le

Bon veut simplement dire Jean le confiant, l'étourdi, le prodigue, le fou.

Et, sous cette appellation, Jean le Bon était le bien nommé.

On eût pu l'appeler encore Jean le chevaleresque. Jean était, en effet, le véritable roi des gentilshommes.

Son entrée dans la royauté avait été signalée par deux édits qui le firent le bien-aimé de la noblesse :

Le premier était un sursis illimité accordé aux débiteurs nobles ;

Le second, la création de l'ordre de l'Étoile.

L'ordre de l'Étoile, c'étaient les invalides de la chevalerie.

Une somptueuse maison commença de s'élever au milieu de la plaine Saint-Denis, pour recevoir les chevaliers pauvres appartenant à l'ordre, et qui seraient estropiés dans les guerres ou dans les tournois. Elle fut commencée, disons-nous, mais ne s'acheva jamais.

Les chevaliers de l'Étoile faisaient vœu de ne point reculer de quatre arpents, s'ils n'étaient tués ou pris.

Ils furent, en effet, pris ou tués à Poitiers...

C'est justement à Poitiers que nous en voulons venir.

Le prince de Galles, plus connu sous le nom de prince Noir, à cause de la couleur de son armure, désolait les provinces du midi de la France, où il possédait la Guyenne.

La Guyenne se composait des fiefs de Gascogne, d'Armagnac, de Fezensac, du Périgord, du Poitou, du comté d'Angoulême et de la Marche.

Cette magnifique portion du royaume avait passé aux mains des Anglais lors du divorce de Louis VII avec Éléonore de Guyenne, ou plutôt lors du mariage de celle-ci avec Henri Plantagenet.

Ai-je besoin de dire que les Plantagenets, rois d'Angleterre d'origine française, devaient leur nom à la branche de genêt, que Geoffroy V, leur aïeul, portait d'habitude à sa toque en temps de paix, à son casque en temps de guerre?

Né au bord de la Loire, dans ces belles contrées où le genêt couvre les montagnes de l'Anjou comme un tapis brodé d'or, Geoffroy avait transporté au delà des mers la fleur de sa patrie et il l'avait enlacée à sa couronne.

Le prince Noir s'en allait donc par le Languedoc, brûlant et pillant. Il avait ramené à Bordeaux, de cette première course, cinq mille charrettes chargées de butin; puis, le butin une fois mis en sûreté, il avait repris sa course à travers le Rouergue, l'Auvergne, le Limousin; puis il était descendu dans le Berry et ravageait les bords de la Loire.

Le roi Jean réunit une armée aussi belle qu'était, dix ans auparavant, celle de Philippe de Valois, à

Crécy ; aussi belle que devait être, cinquante-neuf ans plus tard, celle du connétable d'Albret, à Azincourt ; — puis il marcha au prince Noir.

Il avait avec lui ses quatre fils : Charles, dauphin de France; Louis, duc d'Anjou ; Jean, duc de Berry ; Philippe, duc de Touraine.

Charles fut celui qu'on appela Charles le Sage ; Louis, celui qui mourut à Bari, en voulant reconquérir le royaume de Naples ; Jean, celui qui joua un si triste rôle dans les troubles du règne de Charles VI ; enfin Philippe, celui qui fut la tige de la nouvelle maison de Bourgogne.

Outre ses quatre fils, le roi Jean avait autour de lui vingt-six ducs ou comtes, cent quarante seigneurs bannerets avec leurs bannières déployées, et deux cardinaux légats.

Nous avons dit qu'il marchait au prince de Galles.

Mais, à cette époque, la science de la stratégie

était dans son enfance, et, malgré les coureurs dont Anglais et Français inondaient le pays, le prince Noir ignorait où était le roi Jean, le roi Jean ignorait où était le prince Noir.

Jean croyait avoir les Anglais devant lui, et, en courant après eux, il les fuyait.

Le prince Noir croyait avoir les Français derrière lui, et, en les attendant, il les laissait s'éloigner.

Au reste, c'était assez l'habitude des Anglais de se jeter à l'aventure en pays ennemi.

Ainsi avait fait Édouard III en 1346 ; ainsi devait faire Henri V en 1415.

Dans une époque comme la nôtre, où la science de la guerre est poussée à son apogée, un miracle seul eût pu sauver les Anglais.

L'étourderie du roi Jean fit l'affaire...

Le roi de France avait bien avec lui cinquante mille hommes, le ban et l'arrière-ban de la féodalité.

Le prince anglais n'avait que deux mille hommes

d'armes, deux mille archers et deux mille brigands; huit mille hommes en tout.

On appelait *brigands* les routiers, les condottieri, les vagabonds qu'on louait dans le Midi; ils remplissaient les charges qu'occupent dans nos armées modernes les troupes légères.

Des rapports sûrs vinrent enfin indiquer au roi Jean le lieu où étaient les Anglais, et les forces que ceux-ci pouvaient lui opposer.

Les forces, nous venons de les énumérer; donc, nous les connaissons.

Le lieu qu'ils occupaient, c'était le coteau de Maupertuis, près de Poitiers.

Ce coteau était une colline roide, semée de buissons d'épines, plantée de vignes, close de haies. Les archers anglais en hérissaient le sommet, où l'on ne pouvait parvenir qu'en suivant un sentier d'une dizaine de pieds de large, resserré entre deux hauts talus.

Le prince de Galles et ses gens étaient là comme une bande d'écoliers pris en maraude, entièrement à la merci du maître dans les terres duquel ils s'étaient engagés.

Le roi Jean n'aurait eu qu'à entourer le coteau avec ses cinquante mille hommes : au bout de deux ou trois jours, les Anglais seraient descendus se rendre à merci, mourant de faim.

C'était si bien compris par le héros noir, que, lorsque les deux légats, dans le désir d'empêcher l'effusion du sang, l'allèrent trouver, il offrit de rendre tout ce qu'il avait pris, places et hommes, et de ne point servir de sept ans contre la France.

Mais, à cette proposition, Jean le Bon se mit à rire : on tenait les pillards, on ne les lâcherait pas sans les fouetter d'importance.

Le moins qu'il pouvait exiger, c'était que le prince de Galles se rendît avec cent chevaliers.

Le prince Noir répondit que, la bataille donnée,

il ne pouvait lui arriver pis que d'être fait prisonnier; que, par conséquent, il donnerait la bataille.

M. de Tallcyrand, l'un des légats, lui fit observer qu'il pouvait être tué; ce à quoi le prince répondit:

— Je tiens pour plus digne d'un prince d'être tué que pris!

Il n'y avait donc plus qu'une chose à faire, c'était dc livrer la bataille.

— D'un côté, l'on se prépara à l'attaque; de l'autre, à la défense.

Le roi dc France fit dire la messe sous sa tente, communia et fit communier ses quatre fils; puis il assembla les principaux de l'armée pour leur demander consèil. Tous furent d'avis de combattre.

Les trompettes sonnèrent.

On divisa l'armée en trois corps, ou, comme on le disait à cette époque, en trois batailles, de chacune seize mille hommes.

Chaque bataille avait juste le double de la totalité des Anglais.

Tous les seigneurs mirent leur bannière au vent, le roi comme les autres; un brave chevalier, nommé Godefroid de Charny, portait l'oriflamme.

Le duc d'Orléans commandait la première bataille; elle avait à elle seule trente-six bannières et soixante et douze pennons.

Le Dauphin, que l'on appelait duc de Normandie, —disons en passant que ce fut lui qui, le premier, porta le titre de dauphin,—le dauphin et ses deux frères Louis et Jean commandaient la seconde bataille.

Enfin, la troisième était gouvernée — servons-nous du mot en usage au XIVe siècle — par le roi lui-même, ayant près de lui le plus jeune de ses fils, Philippe, duc de Touraine. âgé de quatorze ans.

Au moment de marcher à l'ennemi, le roi appela

quatre chevaliers. Froissart nous a conservé leurs noms.

C'étaient messire Eustache de Ribeaumont, messire Jean de Landas, messire Guichard de Beaujeu et messire Guichard d'Angle.

— Chevauchez jusqu'à ce que vous ayez en vue la bataille des Anglais, leur dit Jean, et revenez me dire comment ils sont ordonnés, afin que je sache si nous les devons attaquer à pied ou à cheval.

— Sire, volontiers, répondirent les quatre chevaliers.

Et ils partirent en éclaireurs, et cheminèrent jusqu'à ce qu'ils eussent en vue toute la bataille anglaise.

En les attendant, le roi, monté sur un grand cheval blanc comme la neige, passait sur le front de ses batailles, joyeux de voir tant de braves gens d'armes, et leur disant tout haut :

— Eh bien, vous autres, quand vous étiez à

Paris, à Orléans, à Chartres ou à Rouen, vous menaciez les Anglais en duel : « Que ne sommes-nous en face d'eux, lance à la main, banneret en tête! » Or, vous y êtes; les voilà, les Anglais! L'heure est venue de leur montrer vos mécontentements, et de venger les ennuis qu'ils vous ont faits; car, aujourd'hui, soyez tranquilles, sans faute ni remise, nous les combattrons!

Et ceux à qui s'adressait le roi répondaient par des applaudissements et disaient :

— Dieu nous soit en aide, et tout ira bien!

Sur ces entrefaites, les éclaireurs revinrent; ils fendirent la foule qui environnait le roi, et vinrent à lui.

Le roi fit quelques pas au-devant d'eux.

— Eh bien, seigneurs, demanda-t-il, quelles nouvelles?

— Excellentes, sire! repondirent-ils; et, s'il plaît à Dieu, vous aurez une bonne journée sur nos ennemis.

— Or, demanda le roi, de quelle façon sont-ils placés, et comment les pouvons-nous combattre?

Alors messire Eustache de Ribeaumont salua le roi et répondit au nom de tous :

— Sire, nous avons étudié la position de nos ennemis ; ils peuvent être deux mille hommes d'armes, quatre mille archers et quinze cents brigands.

— Oui, nous savons leur nombre, dit le roi ; mais comment gisent-ils ?

— Sire, reprit le chevalier, — qui était un des plus beaux et des plus instruits du temps, — ils sont en un lieu excellent : ils n'ont qu'une seule bataille, mais elle est admirablement organisée ! Un seul chemin mène à eux, fortifié de haies et de buissons derrière lesquels ils ont embusqué leurs archers ; ce chemin bordé de haies n'a qu'une seule entrée, comme il n'a qu'une seule issue, où quatre hommes d'armes, en se serrant, peuvent chevaucher de front. Au couronnement du coteau, entre des vignes et des épines parmi lesquelles il est impossible de chevaucher, sont leurs gens d'armes, tous à pied, et, devant leurs gens d'armes, leurs archers; de sorte que ceux qui les attaqueront auront les archers anglais sur chaque flanc et en tête. Or, vous le savez, sire, ces archers ne sont pas gens faciles à vaincre!

— Bien, messire Eustache, dit le roi. Et maintenant, comment, à votre avis, devons-nous attaquer?

— Sire, tous à pied, excepté trois cents chevaliers choisis parmi les plus hardis, les plus forts et les plus habiles, bien montés sur leurs coursiers, pour rompre et ouvrir les archers; puis viendront vitement nos batailles, qui attaqueront main à main, et qui, espérons-le, combattront à grand courage et à grande volonté. Voilà, quant à moi, sire, le seul avis que je puisse donner. Que celui qui en sait un meilleur le dise.

— C'est inutile, repartit le roi; car votre avis me plaît grandement, messire Eustache, et il sera fait comme vous avez indiqué.

Aussitôt le roi commanda aux deux maréchaux de chevaucher de bataille en bataille, et de choisir trois cents chevaliers des plus forts, des plus habiles et des mieux montés, pour suivre en tout point le plan d'attaque tracé par messire Eustache de Ribeaumont.

Le choix fait, le roi ordonna que chacun mît pied à terre, excepté les trois cents chevaliers destinés à ouvrir et à fendre les archers.

Il ordonna, en outre, que l'on taillât les lances à la longueur de cinq pieds, pour que l'on s'en pût servir plus facilement, et que l'on ôtât les éperons.

Pendant ce temps, les Anglais se fortifiaient non-seulement des accidents du terrain et de la nature, mais encore en creusant des fossés pour abriter leurs archers, et, de son côté, le jeune prince — il n'avait pas encore vingt-six ans — encourageait ses hommes du mieux qu'il lui était possible.

— Beaux seigneurs, leur dit-il, si nous sommes en petit nombre, comparés à nos ennemis, ne nous étonnons pas pour cela : la victoire n'est pas dans la multitude, mais où il plaît à Dieu de l'envoyer. Si la journée est pour nous, nous serons les hommes les plus honorés du monde ; si nous sommes tués, — car je n'admets pas que nous soyons vaincus, — j'ai monseigneur mon père et deux beaux-frères, et vous, vous avez de bons amis qui nous vengeront. Tâchez de bien combattre, et, s'il plaît à Dieu et à monseigneur saint Georges, je vous donnerai bon exemple, et vous me verrez aujourd'hui bon chevalier !

Comme il achevait ces paroles, un gentilhomme qui l'avait fort aidé dans l'ordonnance de la bataille, et qui se nommait James d'Audley, s'approcha de lui, et dit :

— Monseigneur, excusez-moi, mais j'ai fait un vœu.

— Lequel, chevalier? demanda le prince Noir.

— C'est que, si jamais je me trouvais en une bataille commandée par le roi d'Angleterre ou l'un de ses fils, je serais le premier assaillant et le meilleur combattant de son côté, ou, sinon, j'y laisserais ma vie. Je vous supplie donc, cher sire, en récompense des services que jadis j'ai rendus au roi votre père, et depuis quelque temps à vous-même, de me donner congé d'accomplir mon vœu comme je l'entendrai et du mieux qu'il me sera possible.

Le prince sourit et répondit:

— Messire James, soyez le meilleur de nous tous; vous avez congé.

Et il lui tendit la main.

Le chevalier baisa la main du prince, et, accompagné de quatre écuyers qui le devaient garder, mort ou vivant, il s'en vint se mettre en tête des gendarmes anglais, immédiatement derrière les archers.

La bataille s'engagea comme le roi de France l'avait ordonné par le conseil de messire Eustache de Ribeaumont. Les trois cents chevaliers choisis par les maréchaux s'engagèrent entre les haies; mais à peine commençaient-ils à gravir la montagne, que les archers embusqués derrière les haies, où ils ne pouvaient être atteints ni par les lances ni par les épées des hommes d'armes, se mirent à cribler de leurs longues flèches hommes et chevaux: les chevaux, cruellement blessés, ou trébuchaient sous leurs maîtres, ou se cabraient et les renversaient. Les cavaliers ne pouvaient aller plus avant; car les cadavres des hommes et des chevaux leur barraient le chemin, et ils ne pouvaient non plus aller en arrière. Quelques-uns, mieux montés que les autres, firent un effort et franchirent l'obstacle; malheureusement, ils se trouvèrent, non point devant la bataille du prince Noir, mais devant une nouvelle haie d'archers qui les criblaient de face, après que leurs compagnons les avaient criblés en flanc.

Ce fut alors que, pour accomplir son vœu, messire James d'Audley passa au travers des archers, et vint heurter de front, avec ses quatre écuyers, monseigneur Arnould Daudeneham, un des deux maréchaux de France qui commandaient cette espèce d'assaut ; — l'autre était messire Jean de Clermont.

Un des premiers coups d'épée de James d'Audley abattit Arnould Daudeneham ; mais le gentilhomme breton ne s'arrêta point à le faire prisonnier ; laissant ce soin à d'autres, lui se contentait de frapper, de blesser ou de tuer.

Cinquante ou soixante à peine des trois cents chevaliers engagés entre les haies, reparurent à l'extrémité, et se rejetèrent en désordre sur les gendarmes qui les suivaient à pied, mettant le désordre dans leurs rangs avec leurs chevaux fous de douleur.

C'était la bataille du duc de Normandie qui venait la première; c'est donc sur elle que furent renversés les deux maréchaux et leurs trois cents armures de fer.

En même temps, du haut de la montagne, et plongeant sur tout ce désordre, descendit, à toute volée de leurs chevaux, une troupe d'Anglais qui vint prendre en flanc la même bataille.

Les gens d'armes du duc de Normandie ne purent soutenir cette double attaque de tête et de flanc : ils se troublèrent, et, non pas ceux qui étaient en tête, — cela leur était impossible, tant ils étaient pressés, — mais ceux qui étaient en queue commencèrent à fuir.

Placé qu'il était sur la cime la plus élevée de la colline, le prince Noir vit ce trouble, et cria à tous ceux qui étaient près de lui, et qui, pour se reposer, avaient mis pied à terre :

— A cheval, messieurs! à cheval!

Tous, à cet ordre, montèrent à cheval, criant : « Saint Georges et Guyenne! » et ce cri fut si puissant, que les gens de la bataille du duc de Normandie l'entendirent et s'en troublèrent d'autant plus.

En ce moment, un chevalier anglais nommé messire Jean Chandos s'approcha du prince, et lui dit :

— Sire, sire, marchez en avant, et la journée est à nous! Dieu est pour l'Angleterre : aidons Dieu! marchons où la besogne sera la plus rude, car c'est là que sera le roi de France; je le connais, il ne fuira pas, il ne lâchera son épée que prisonnier ou mort. Vous avez dit que vous seriez aujourd'hui bon chevalier, le moment est venu de tenir votre parole.

— Chevauchons donc, Jean ! répondit le prince ; et, à partir de ce moment, vous allez me voir marcher toujours en avant, sans faire, je vous le promets, un seul pas en arrière.

Puis, s'adressant à son porte-étendard :

— Chevauchez en avant, bannières, au nom de Dieu et de saint Georges !

Le chevalier qui portait l'étendard obéit, se mit en marche, et toute la bataille du prince le suivit, précédé qu'il était lui-même de ces terribles archers qui avançaient doucement, pas à pas, mais qui, comme le prince, ne reculaient jamais, et qui, tout en marchant, faisaient pleuvoir sur les Français des nuages de flèches plus pressés que la grêle.

Un grand et bon exemple des chefs eût peut-être fait tenir plus longtemps et plus fermement notre première bataille ; mais nous avons dit que cette bataille avait pour commandant le duc de Normandie, qui fut depuis appelé Charles le Sage. Or, le futur Charles le Sage jugea qu'il était prudent de fuir, et, sans attendre le nouveau choc dont le menaçait le prince de Galles, il se tira de la mêlée avec ses deux frères, — ceux qui furent plus tard les ducs d'Anjou et de Berry, — et prit à travers champs, tirant du côté de Poitiers.

En voyant fuir le fils du roi et ses frères, la première bataille se rompit tout à fait, et c'était d'autant plus pardonnable, que trois bons chevaliers, messire Jean de Landas, messire Thibault de Vaudenay et le seigneur de Saint-Venant, qui étaient gouverneurs des jeunes princes, les accompagnaient, emmenant avec eux huit ou neuf cents lances.

Il est vrai que, quand le duc de Normandie se crut en sûreté, il renvoya messire Jean de Landas et Thibault de Vaudenay, ne gardant près de lui et de ses frères qu'une vingtaine de lances et le seigneur de Saint-Venant, « lequel, dit Froissart, jugea qu'il y avait autant d'honneur pour lui à veiller sur le salut de l'héritier de la couronne qu'à retourner à la bataille. »

Le roi Jean, qui avait vu se dissiper comme un nuage cette première armée commandée par son fils, et qui appréciait l'usage que, pour mieux fuir, les chevaliers faisaient de leurs chevaux, le roi Jean, disons-nous, voyant peu à peu arriver jusqu'à la seconde bataille, qu'il commandait, les flèches des archers, jugea que l'ennemi s'approchait, et, ne voulant reculer, ni lui ni les siens, cria à tout le monde :

— A pied ! à pied !

Et lui-même donna l'exemple, descendant de son grand cheval blanc et détachant de sa selle une hache de bataille, arme terrible entre les mains du bûcheron royal.

Son plus jeune fils, Philippe, duc de Touraine,

en fit autant et se plaça près de son père. L'enfant n'avait d'autre arme qu'une petite épée; mais la hache du roi Jean suffisait à le défendre, lui et son fils.

Tous les chevaliers mirent pied à terre et se rangèrent, non pas autour du roi, car le roi ne voulait rien souffrir entre lui et l'ennemi, mais aux côtés du roi.

La précaution qu'avait prise le roi Jean n'était point inutile, quoiqu'elle fût dangereuse. Toute cette multitude effarée qui composait la première bataille, et qui avait pris la fuite, dirigeait sa course vers Poitiers; mais Poitiers, avant de s'informer si elle se composait d'amis ou d'ennemis, commença par lui fermer ses portes. « Aussi, dit Froissart, y eut-il sur la chaussée et devant la porte une si grande horribilité de gens navrés et abattus, que c'est merveille que d'y penser, et que les François se rendoient du plus loin qu'ils apercevoient un Anglois. »

Mais le roi Jean et ses hommes tenaient comme un rempart, et, comme dans un rempart, les Anglais s'acharnaient à faire brèche. Là combattaient, des deux parts, tout ce qu'il y avait de vaillants chevaliers.

Le roi Jean surtout faisait merveille. Il avait vu tomber, les uns après les auteurs, ses bannières et les chevaliers qui les portaient; puis on en était venu à combattre main à main, et il s'était fait un retranchement des corps de ceux qu'il avait abattus avec sa terrible hache.

A ses côtés était l'enfant, véritable lionceau, fils de lion! Tandis que son père frappait, lui veillait, criant à chaque nouvel assaut:

— Père, gardez-vous à droite!... père, gardez-vous à gauche!

Et le père, pour l'encourager à faire bonne garde, lui criait de son côté:

— Hardi, Philippe! hardi, mon enfant!

Si bien que le nom en resta au courageux jeune homme, et qu'on l'appela, à partir de ce moment, Philippe le Hardi.

Nous verrons plus tard comment il fut la tige des ducs de Bourgogne, qui, commençant par Philippe le Hardi, passa par Jean-sans-Peur, pour arriver à Charles le Téméraire, dont nous allons nous occuper tout à l'heure.

Cependant, toute la bataille des Anglais se pressait sur le point où était le roi de France; car, comme l'avait dit Jean Chandos au prince Noir, on était certain que le roi ne reculerait pas et qu'il tiendrait jusqu'à la dernière extrémité.

Le combattant royal eut un instant de répit: les deux chevaliers qui avaient, pendant une lieue, accompagné la fuite du dauphin et de ses frères, revinrent plus ardents à la bataille, qu'ils avaient été forcés de quitter: c'étaient, nous l'avons dit, messires Jean de Landas et Thibault de Vaudenay.

Ils revenaient avec sept cents gentilshommes.

Sur leur chemin, ils avaient rencontré la bataille du duc d'Orléans, tout à fait intacte encore, et l'avaient poussée dans la mêlée.

Avec le secours qui arrivait et ce qui restait de la bataille du roi Jean, les Français étaient encore trois fois plus nombreux que l'ennemi; mais nous avons vu, en trois ou quatre circonstances, ce que peut une panique se jetant à travers les plus braves soldats... La panique était dans l'armée.

Les plus braves des gentilshommes se firent tuer autour du roi.

C'étaient le duc de Bourbon, le duc d'Athènes, le maréchal de Clermont, messire Robert de Duras, messire Richard de Beaujeu, le vicomte de Rochechouart, Eustache de Ribeaumont, Jean de Lille, Gillian de Narbonne, le sire de Châteauvillain, le sire de Montrehan, le sire d'Argentan, le sire de Laucerre, le sire Audry de Charny, le sire Godefroid de

Charny, que l'on retrouva roulé dans la bannière royale, dont il s'était fait un linceul; enfin, le nombre des chevaliers restés morts sur le champ de bataille monta à plus de deux mille huit cents!

Mais le roi tenait toujours.

Il avait pris un instant de repos, avait bu une gorgée d'eau qu'on lui avait apportée dans un casque, et il s'était remis à frapper comme un ouvrier qui reprend sa besogne interrompue.

On en avait tant tué, tant d'autres avaient pris la fuite, qu'il y avait bien cinq hommes d'armes anglais contre un gentilhomme français.

Et c'était surtout autour du roi — facile à reconnaître à la couronne qui surmontait son casque — que l'on se pressait; mais lui, sauvegardé par le petit Philippe, frappait toujours, n'entendant à rien, quoique ses adversaires lui criassent:

— Rendez-vous, sire! rendez-vous! autrement vous êtes mort.

En tête de ceux qui criaient ainsi, il y avait un chevalier français qui avait fini par se faire jour entre tous jusqu'à ce qu'il se trouvât en face du roi. Ce chevalier se nommait Denis de Morbecque.

Arrivé en face de Jean, il ne frappait pas, évitant les coups que le roi lui portait, et se contentant de dire en bon français :

— Rendez-vous, sire ! rendez-vous !

Le roi se voyait forcé : il n'avait plus d'espoir, et, entendant cette voix française qui lui parlait, il fit un pas en arrière, abaissa sa hache émoussée et sanglante, en signe qu'il voulait parlementer, et demanda :

— Qui êtes-vous ?

— Je suis un chevalier français, répondit Denis de Morbecque.

— D'où vient, alors, que vous servez dans l'armée anglaise ?

— J'ai commis un homicide, et, pour le salut

de mon corps, j'ai dû passer en Angleterre, où je me suis mis au service du roi Édouard.

— Où est mon cousin le prince de Galles? demanda le roi; si je le voyais, je me rendrais à lui.

— Rendez-vous à moi, sire, et je vous conduirai au prince de Galles.

— Eh bien, soit, dit le roi, je me rends à vous. J'aime mieux me rendre à un Français qu'à un Anglais.

Et, laissant tomber sa hache, il lui donna son gant.

De son côté, l'enfant, pour ne pas rendre son épée, la jeta loin de lui.

La bataille était finie : le roi était pris ; seulement, pour être pris, le roi n'était pas hors de danger.

Au moment même où il venait de se rendre, à cinq cents pas de lui, à peu près, le prince Noir, vainqueur, s'était arrêté au milieu du champ de bataille, et, pensant à ses amis avant de penser à ses ennemis, demandait au comte de Warwick et à messire Regnault de Cobham :

— Messeigneurs, ne savez-vous rien de mon bon serviteur James d'Audley, lequel a fait vœu, vous vous en souvenez, d'avoir les honneurs de la journée?

— Si fait, sire, répondirent les deux gentilshommes : nous avons de ses nouvelles et savons qu'il a tenu son vœu ; mais il est gravement blessé et a été porté par ses écuyers hors de la bataille, à quelques pas d'ici.

— Oh! dit le prince, je suis fort attristé de ce que vous me dites là! Je le voudrais bien voir afin de m'assurer par moi-même de son état. Cherchez-le; s'il peut supporter le mouvement, amenez-le-moi; s'il est trop faible, renseignez-moi sur l'endroit où il gît, et je l'irai trouver.

Les deux gentilshommes allèrent au blessé et s'acquittèrent près de lui du message du prince.

— Grand merci au fils de mon roi, répondit James, de s'inquiéter d'un si pauvre bachelier que je suis, et à Dieu ne plaise que je le dérange.

Alors il appela ses écuyers.

— Portez-moi auprès de mon prince, dit-il ; je me sens fort, ayant l'espoir de sa présence.

Les écuyers prirent la litière sur laquelle le blessé était couché et la portèrent jusqu'aux pieds du cheval du prince Noir.

Lui alors, reconnaissant sire James, mit pied à terre, et, se penchant vers le blessé :

— Messire James, lui dit-il, laissez-moi vous remercier et vous honorer ; car, ainsi que vous en aviez fait vœu, vous avez eu les honneurs de la journée, et je déclare vous tenir pour le plus pieux et le plus vaillant de nous tous !

— Monseigneur, reprit le chevalier, je donnerais bien volontiers le reste de ma vie pour qu'il en fût ainsi que vous dites.

— Il en est ainsi, repartit le prince Noir, et, à partir d'aujourd'hui, je vous retiens pour mon chevalier à cinq cents marcs de revenu par an, lesquels vous seront assignés sur mes héritages d'Angleterre.

— Sire, répondit le chevalier, Dieu me fasse la grâce de mériter les faveurs que vous me faites !

Puis, comme le prince vit que sir James était si faible, que, pour les quelques paroles qu'il venait de prononcer, il était tout près de s'évanouir, il fit signe aux écuyers de le transporter dans son propre logis, afin qu'aucun soin ne lui manquât.

Mais, en ce moment même, le prince aperçut une grande cohue de gens qui venaient à lui ; et, comme il pensait que le bruit et les gestes que faisaient ces gens annonçaient quelque nouvelle d'importance, il donna toute son attention à ce nouvel incident.

Alors, se tournant vers le comte de Warwick et vers messire Regnault de Cobham, qui venaient d'être ses messagers auprès de sir James :

— Monseigneur, dit-il, courez vite, et voyez qui cause toute cette rumeur... Ne serait-ce point, par hasard, la prise du roi de France ?

C'était la prise du roi de France, en effet.

Seulement, le roi de France avait été, par une foule d'Anglais et de Gascons, arraché des mains du seigneur Denis de Mortbèque, à qui il s'était rendu, et chacun, le tirant à soi, criait :

— C'est moi qui l'ai pris ! c'est à moi qu'il appartient !

Si bien que le bon roi Jean courait plus grand risque d'être démembré que pendant la bataille, et, se défendant de son mieux, disait à chacun :

— Seigneurs, menez-moi courtoisement, je vous prie, devant mon cousin le prince de Galles et ne vous querellez point sur ma prise ; car, Dieu merci, je suis assez riche pour vous enrichir tous par ma rançon !

Mais ceux à qui le roi s'adressait étaient si échauffés, qu'ils n'écoutaient point ces paroles, et continuaient de se quereller entre eux et de se disputer le prisonnier.

Ce fut sur ces entrefaites qu'arrivèrent le comte de Warwick et messire Regnault de Cobham.

Quand ils virent de quoi il était question, et quel danger courait le roi, ils tirèrent leurs épées et s'écrièrent :

— Au nom du prince de Galles, commandement vous est fait de vous tenir en arrière.

Les gens obéirent.

Alors, les deux barons descendirent de cheval, saluèrent le roi jusqu'à terre, et, se mettant, l'un à son côté, l'autre au côté du jeune duc Philippe, ils dirent :

— Sire, à partir de ce moment, nous répondons de vous et de votre fils à notre maître, et, avec l'aide de Dieu, nous vous remettrons entre ses mains sains et saufs.

— Marchons, répondit Jean.

Cinq minutes après, le roi captif était devant le prince vainqueur.

Le prince Noir fut digne de sa haute fortune.

Il y avait deux façons de traiter Jean : c'était de le traiter en prisonnier ou de le traiter en roi.

Le prince Noir le traita en roi.

C'était à la fois plus chevaleresque et plus politique.

Au point de vue des idées du XIVe siècle, le roi pris, la France était prise, et la rançon du roi devait être telle, que la France se ruinât à la payer.

En entrant à Londres, le prince de Galles mit le roi sur un grand cheval blanc en signe de suzeraineté.

Lui, au contraire, comme vassal, marchait près de Jean, sur un petit cheval noir.

Arrivé à Londres, le roi Jean fut reçu par Édouard III, qui lui donna un grand dîner.

A ce dîner, l'échanson du roi d'Angleterre ayant servi son maître avant de servir le roi de France, le jeune prince Philippe se leva, et, donnant un soufflet à l'échanson :

— Qui t'a donc appris, lui dit-il, à servir le vassal avant le maître?

L'échanson, tout étourdi d'une agression si inattendue, se tourna vers le roi d'Angleterre comme pour lui en demander l'explication.

Mais celui-ci :

— L'enfant a raison, dit-il; le roi de France est mon roi, et, comme duc de Normandie, je ne suis que son vassal.

Et au jeune prince :

— Ah ! dit-il, monseigneur, vous êtes justement surnommé Philippe le Hardi !

Le roi Jean resta huit ans prisonnier en Angleterre ; mais, pendant ces huit ans, comme Régulus revint à Rome, le roi Jean revint à Paris.

Le jeune Philippe de Rouvres était mort en 1361 ; et le roi Jean, comme mari de Jeanne de Boulogne, héritait des biens de l'enfant.

Aliéné par le roi Robert, le duché de Bourgogne revenait ainsi, naturellement et par succession, à la couronne de France.

En retournant à Londres, — autre ressemblance que le roi Jean eut encore avec Régulus retournant à Carthage, — le prince français déposa entre les mains du chancelier de Bourgogne les lettres de donation du duché à son très-cher fils le duc de Touraine.

Ces lettres ne devaient lui être remises qu'à la mort du roi Jean.

Le roi Jean mourut le 8 avril 1364.

Le jeune duc fut immédiatement mis en possession, et, le 26 mai suivant, Philippe le Hardi quittait Dijon pour assister, comme duc de Bourgogne, au sacre de son frère aîné.

Le roi Charles V confirma la donation faite par son père et y ajouta l'abandon de l'hôtel de Bourgogne, qui, depuis longtemps, appartenait aux ducs de Bourgogne, et leur servait de demeure lorsqu'ils habitaient Paris.

Cet hôtel était situé sur la montagne Sainte-Geneviève.

L'acte de donation du duché et de l'hôtel porte la date du 2 juin 1364.

Si cette espèce de prologue a dit ce qu'il voulait dire, le lecteur sait maintenant dans quelle terre ensanglantée avait poussé cet arbre gigantesque de Bourgogne, dont Charles le Téméraire n'est qu'un rameau.

I

LE BON DUC

Charles, surnommé le Téméraire, était l'arrière-petit-fils de Philippe le Hardi, dont nous venons de raconter le premier fait d'armes et qui fut la tige de la seconde maison de Bourgogne.

Disons à quel degré de puissance était arrivée la maison de Bourgogne au moment où naquit le jeune Charles, c'est-à-dire le 10 novembre 1435.

Nous avons raconté de quelle façon le duché de Bourgogne avait fait retour au roi Jean et avait été constitué en apanage à son fils Philippe le Hardi, par lettres patentes du 6 septembre 1363, confirmées l'année suivante par le roi Charles V.

Comment, après les troubles qu'avait suscités en

France la première maison de Bourgogne; comment, après le traité de Bretigny, qui enlevait au royaume ses plus belles provinces; comment un roi aussi sage que l'était Charles V acceptait-il, sans remontrance visible, sans regret apparent, ce nouveau démembrement de la France?

Nous pourrions rappeler d'abord cette grande vérité : c'est que l'exemple du passé instruit rarement l'avenir.

Ensuite, nos rois de France, sans trop se rendre compte de ce qu'ils faisaient, avaient aboli la féodalité telle que l'avait constituée Charlemagne, c'est-à-dire le seul pouvoir militaire qui existât en France; ce pouvoir leur manquant, ils essayèrent, au XIIIe et au XIVe siècle, d'établir une féodalité artificielle. L'exemple de Philippe d'Anjou, fait roi d'Espagne par Louis XIV et devenant l'ennemi de la France, n'empêcha point Napoléon de faire son frère Joseph roi d'Espagne, son frère Louis roi de Hollande, son beau-frère Murat roi de Naples, et son beau-fils Eugène vice-roi d'Italie.

Qu'essayait de faire Napoléon? Il essayait de rétablir une grande féodalité militaire.

Charles V, en ratifiant les lettres patentes du roi Jean qui accordaient le duché de Bourgogne à son jeune frère, agissait donc d'abord en fils pieux, puisqu'il exécutait les dernières volontés de son père; et, en constituant un établissement féodal, il suivait, en outre, les traditions de la politique du temps.

Le duc d'Anjou, frère puîné de Charles, frère aîné de Philippe, était gouverneur du Languedoc, et, par le Languedoc, regardait la Provence et l'Italie; par la Bourgogne, le nouveau duc agirait sur l'empire et les Pays-Bas.

Philippe de Rouvres, dont le nouveau duc tenait l'héritage, avait épousé Marguerite, fille unique du comte de Flandre; mais le mariage n'avait point été consommé.

La veuve était donc à remarier.

Ce mariage allait à merveille à Philippe : Marguerite était héritière des comtés de Flandre, d'Artois, de Rethel, de Nevers et de Franche-Comté.

Mais, par cela même qu'il réunissait tous ces avantages, il n'allait pas moins à Édouard III, qui sollicitait cette alliance pour le prince Noir, notre vainqueur de Poitiers.

Il est vrai que Marguerite de Flandre aimait Philippe; mais l'amour est, en fait de mariages princiers, une mince considération.

Louis de Male hésitait. — Charles V, craignant de voir s'agrandir encore son rival le roi d'Angleterre, n'hésita, lui, point à se diminuer; il offrait de rendre aux Flamands Lille et Douai, la Flandre française, la barrière du royaume au nord.

Cela ne suffit point.

Par bonheur, — peut-être serait-il plus juste de dire par malheur, — la mère de Louis de Male, fille de Philippe le Long, princesse française, avait décidé cette union ; elle alla trouver son fils, qui penchait pour Édouard III, et, tirant de sa robe sa mamelle droite :

— Louis, dit-elle, si tu refuses de faire les noces que ton roi et moi désirons, je te jure que je retranche de moi le sein qui t'a nourri, à ton grand déshonneur, et à l'opprobre éternel de ton nom !

Louis de Male consentit, et le mariage fut célébré à Gand, le 19 juin 1369.

Le duc de Bourgogne se trouva donc duc de Bourgogne et, en attendant qu'il héritât de la Flandre, de l'Artois, de Rethel, de Nevers et de la Franche-Comté, maître de Lille et de Douai.

Charles V espérait que la France absorberait la Flandre, que les intérêts rapprocheraient les peuples réunis sous une même domination. Charles V se trompait : la distinction resta profonde. Langue et mœurs séparaient les Français des Flamands ;

ce ne fut point la riche Flandre qui vint à la pauvre Bourgogne : ce fut la pauvre Bourgogne qui se trouva être un accessoire de la riche Flandre. L'intérêt flamand fit pencher la politique du fils de France vers l'Angleterre.

L'alliance avec nos ennemis fut commerciale d'abord, puis peu à peu elle devint politique.

Il y avait mariage politique entre la France et la Flandre; mais il y avait mariage commercial entre la Flandre et l'Angleterre.

Ce mariage commercial faisait la richesse du pays, partant celle du prince.

A son tour, Philippe faisait épouser, en 1385, à son fils le comte de Nevers, l'héritière du Hainaut et de la Hollande, et il complétait ainsi les Pays-Bas.

Cinq ans plus tard, en 1390, il achetait aux comtes d'Armagnac le Charolais, et il complétait ainsi les Bourgognes.

Fenêtres sur l'Angleterre, portes sur la France.

A la seconde génération, voici ce qu'avait amené la prévoyance du sage roi Charles V.

Le petit-fils de ce Philippe le Hardi, qui avait si vaillamment combattu à Poitiers, qui avait, à Londres, donné un soufflet à l'échanson d'Édouard III, parce que celui-ci servait le roi d'Angleterre avant le roi de France, Philippe le Bon, enfin, s'alliait à Henri V, était témoin de son mariage avec la princesse Catherine, et faisait proclamer le roi d'Angleterre roi de France, à l'exclusion du roi de France Charles VII.

Il est vrai qu'il gagnait à renier la France, sa mère, les positions dominantes de la Somme et de la Meuse, Namur et Péronne, les avenues de Paris ou plutôt Paris même, Bur-sur-Seine, Auxerre et Meaux.

Il est vrai encore que, pour arriver là, il lui avait fallu livrer la Pucelle!

Puis, le 4 août 1430, le duc de Brabant meurt.

Le duc de Bourgogne avait à peu près tout ce qui entourait le Brabant : il avait la Flandre, le Hainaut, la Hollande, Namur, Luxembourg. Il lui manquait le Brabant.

Le Brabant, c'était la province centrale, Louvain, Bruxelles. Bruxelles, la reine des Pays-Bas; Louvain, sa dame d'honneur.

Le Brabant ne revenait point à Philippe; il revenait à sa tante Marguerite de Bourgogne, comtesse de Hainaut ; à ses beaux-fils Charles et Jean de Bourgogne, fils du comte de Nevers, tué à Azincourt.

Il oublia qu'il était neveu de l'une, tuteur des autres. Il mit la main sur le Brabant.

Tout cela n'empêche pas le fils de Jean-sans-Peur, le père de Charles le Téméraire, d'être appelé Philippe *le Bon*.

Vous voyez qu'il ne faut pas attacher trop d'importance à cette épithète de *bon*.

Nous avons dit que, chez Jean, *le Bon* voulait dire l'étourdi, le prodigue, le fou.

Chez Philippe, *le Bon* veut dire l'amoureux, le courtois, le sensuel.

Oui, Philippe, selon les idées vulgaires, était *le bon duc;* il était tendre de cœur, surtout aux femmes, — nous le verrons tout à l'heure ; — puis, il pleurait facilement.

Il pleura les morts d'Azincourt, et devint l'allié des Anglais, qui avaient fait ces morts.

Il pleura son père Jean-sans-Peur, et, par vengeance du meurtre de Montereau, déposséda Charles VII du trône de France.

Au reste, il savait parfaitement ce que pouvait rapporter un meurtre, et quel était le prix du sang que l'on pouvait tirer du meurtrier.

Le 21 septembre 1435, il consent à pardonner ce meurtre et à signer la paix avec le roi Charles VII.

Mais à quelle condition pardonnera-t-il? C'est

qu'on lui cédera les comtés de Mâcon, d'Auxerre, de Bar-sur-Seine et de Ponthieu.

En Picardie, il a déjà Péronne ; il lui faut encore Montdidier, Roye, Saint-Quentin, Corbie, Amiens, Abbeville et Doullens.

Vous voyez que le bon duc a le pardon difficile. Il est vrai qu'il consent à ce que les villes, qui sont villes royales, soient rachetées, si jamais la France a assez d'argent pour opérer ce rachat.

En outre, le roi Charles témoignera ses regrets de la mort de Jean-sans-Peur, niera qu'il y ait pris aucune part, et fondera, à Montereau, un service perpétuel qui sera célébré le jour de l'assassinat.

Attendez ! il faut que le bon duc complète son duché, dont son fils tentera de faire un royaume.

René, duc de Bar, a été fait prisonnier par le duc de Bourgogne à la bataille de Bulgneville. Il est détenu depuis quatre ans dans une des tours du palais de Dijon. Le bon duc a eu le soin de ne pas dire un mot de lui dans le traité d'Arras.

Ce n'est point par oubli : le bon duc n'oublie pas ses prisonniers ; d'ailleurs, Charles VII en avait dit quelques paroles, lui.

Mais le bon duc avait répondu :

— Nous verrons plus tard.

Ce qui arrêtait le bon duc, c'est que, pendant sa captivité, le prisonnier avait hérité du duché d'Anjou et du comté de Provence par la mort de son frère, et que Jeanne II, en expirant, l'avait appelé au trône de Naples.

Un si riche prisonnier, en sortant de la cage où il était resté quatre ans, devait bien laisser aux barreaux quelqu'une des plumes de son aile.

René en laissa deux : Neuchâtel en Lorraine, Clermont en Argonne.

Il paya, en outre, quatre-vingt mille écus d'or.

Ce fut ce même René que depuis, et à plus juste

titre, on appela en Provence le bon roi René, et sur lequel George Châtelain a fait la jolie chronique qui commence par ces vers :

J'ay ung roy de Cecille
Veu devenir berger,
Et sa femme gentille
De ce propre mestier,
Portant la pennetière,
La houlette et chappeau,
Logeant sur la bruyère,
Auprès de leur troppeau.

Quant au duc Philippe, nous avons dit qu'il était fort *bon* à l'endroit des femmes, fort *bon* aussi à l'endroit de ses bâtards.

Un jour que nous n'avions rien de mieux à faire, nous nous sommes amusé à compulser les archives de Lille, chambre des comptes, et nous y avons trouvé nous ne savons combien de lettres et d'actes du bon duc, relativement aux nourritures de bâtards, pensions de mères et de nourrices.

Au reste, ce galant XVe siècle était le règne des femmes.

Comptons.

Isabeau de Bavière, qui perd et vend la France.

Valentine de Milan, qui console le roi des infidélités de sa femme et des trahisons de ses frères.

Jeanne, qui sauve le royaume.

Agnès Sorel, la dame de Beauté, qui remet aux mains de Charles VII l'épée qui chassera les Anglais de la France.

Jacqueline de Hainaut, la vaillante comtesse, la femme aux quatre maris, qui défendait mieux ses domaines qu'elle ne se défendait elle-même.

La religion du temps, ce n'est pas la vierge, c'est la femme.

Mais peut-être les graves Flandres seront-elles plus sévères.

Bon! lisez la légende de la comtesse qui mit au monde trois cent soixante-cinq enfants.

Trois cent soixante-cinq enfants pour une femme, c'est beaucoup : on peut donc contester la susdite légende; mais ce qui est incontestable, ce sont les soixante-trois bâtards du comte de Clèves; ce qui est incontestable, c'est Jean de Bourgogne, évêque de Cambrai, officiant pontificalement avec ses trente-six bâtards et fils de bâtards qui le servent à l'autel; ce qui est incontestable, enfin, c'est Philippe le Bon avec ses trois femmes légitimes, ses vingt-sept maîtresses et ses seize bâtards.

Pendant qu'on brûlait la sainte de Vaucouleurs, la vierge d'Orléans, la libératrice de la France, que faisait le bon duc qui l'avait vendue?

Il procédait à son troisième mariage et fondait l'ordre emblématique de la Toison d'Or.

Cette troisième femme, qui devait, cinq ans plus tard, donner le jour à notre héros Charles, était une infante de Portugal, Anglaise par sa mère, Philippa de Lanscatre; quant à son père, c'était le brave bâtard Jean Ier, qui venait de fonder, en Portugal, une nouvelle dynastie, comme le bâtard Transtamare en Castille.

C'était le beau temps des bâtards, et ils le savaient bien, ceux qui avaient la chance de l'être! Dunois ne déclarait-il point, à douze ans, qu'il n'était pas le fils du riche et ridicule Canny, mais qu'il s'appelait *le bâtard d'Orléans!*

Donc, le jour de son mariage avec la brune Portugaise, le bon duc Philippe institua, comme nous l'avons dit, l'ordre de la Toison d'Or, et prit la devise : *Autre n'auray!*

Jamais devise n'eut un double sens plus perfide.

La *Toison d'Or!* N'était-ce pas un hommage à ces cheveux blonds que les peintres flamands, depuis Van Eyck jusqu'à Rubens, font ruisseler sur les épaules des belles Flamandes? n'était-ce pas le triomphe de la femme du Nord sur la femme du Midi? la victoire du blond sur le noir?

Et cette devise : *Autre n'auray !* était-ce un engagement envers l'infante de n'avoir d'autre femme qu'elle, ou bien une promesse à toutes ces triomphantes beautés de Gand et de Bruges de leur rester fidèles quand même?

Ce mariage fut l'occasion de galas inouïs, de fêtes gigantesques, de bombances folles. A Bruges, il y eut des prodigalités à ruiner un roi.

Et qui faisait ces prodigalités? La commune, la ville, Bruges.

Bruges, par les dix-sept nations qui y avaient leurs comptoirs, était peut-être alors la ville la plus riche du monde.

Les rues furent tendues des plus beaux et des plus riches tapis de Flandre. Pendant huit jours, le vin coula à flots par ses rues : un lion versait du vin du Rhin; un cerf versait du vin de Beaune. Pendant les repas, une licorne les relayait et lançait l'eau de rose et le malvoisie.

Ainsi le duc de Bourgogne était arrivé à l'apogée de sa richesse et de sa puissance, et, s'il avait un fils, ce fils pourrait s'intituler duc de Bourgogne, de Lorraine, de Brabant, de Limbourg et de Gueldre, comte de Flandre et d'Artois, comte palatin de Hainaut, de Hollande, de Zélande, de Namur et de Zutphen, seigneur de la Frise, de Salins et de Malines.

Ce fils naquit, comme nous l'avons dit, le 10 novembre 1435, et, au lieu du titre de comte de Nevers que son père et son grand-père avaient reçu à leur baptême, il reçut, lui, le titre de comte de Charolais.

Cette naissance combla les désirs du duc, et porta jusqu'à la folie l'orgueil de celui que les étrangers appelaient le *grand duc d'Occident*.

Donnons une idée de cette folie.

Le bon duc ayant été obligé de se faire raser la tête à la suite d'une maladie, un édit parut qui ordonnait à tous les gentilshommes de se faire raser la tête comme leur duc.

Cinq cents gentilshommes obéirent; et, comme Philippe le Bon pensait bien que quelques-uns avaient l'intention de se soustraire à l'édit, il délégua messire Pierre de Vacquembac pour visiter les têtes rebelles et en faire tomber les cheveux récalcitrants.

Au reste, il en arriva, de la naissance de l'héritier ducal, comme de tous les biens qui comblent la mesure d'une grande fortune : à partir du moment où elle a atteint son apogée, cette fortune ne pouvant plus grandir, reste quelque temps stationnaire, puis décroît peu à peu, quand elle ne s'écroule pas tout d'un coup.

Ce ne fut guère que vers sa septième ou huitième année que l'on put juger des dispositions du jeune comte.

Il apprenait bien et assez facilement, pourvu que ses études portassent sur des faits d'armes et de chevalerie. Peu de gentilshommes, à cette époque, savaient lire et écrire : selon toute probabilité, son grand-père Jean-sans-Peur ne savait pas même signer son nom ; monsieur de Barante, qui a retrouvé son sceau, n'a pu, malgré toutes les recherches, retrouver sa signature.

A dix ans, Charles savait lire et écrire, et lisait ou se faisait lire tout particulièrement les contes et faits de Lancelot du Lac et de Gauvain.

A douze ans, on lui mit un arc entre les mains, et bientôt il devint un habile archer.

A quinze, on le laissa se livrer au plaisir de la chasse, où il prit un goût extrême ; c'était surtout la chasse au sanglier qui le passionnait. Quand le sanglier tenait aux chiens, il demandait sa lance, poussait à l'animal, et presque toujours le tuait du premier coup.

Il aimait aussi la chasse au vol ; mais ce n'était pour lui qu'un passe-temps et non point une passion, comme la chasse au sanglier, qui, du reste, ne lui plaisait tant qu'à cause des dangers que l'on y courait.

Puis il se mit à cultiver les exercices du corps proprement dits, et à seize ans il pouvait défier à la lutte tous les jeunes gens de son âge, de même qu'aux barres il était un des plus rapides coureurs qui se pussent voir.

Au milieu de tout cela, son goût pour la magnificence s'était développé; il était, au reste, à bonne école. Il recherchait la pompe dans ses habillements, et se plaisait à sortir avec une belle suite d'écuyers et de pages; il aimait aussi à entendre chanter, mais ne chantait pas lui-même, ayant la voix fausse.

Le Ber d'Auxy et le sire de Rosembos avaient été choisis pour gouverner son enfance et diriger sa jeunesse.

Il atteignit ainsi dix-huit ans.

Le duc, son père, jugea que le moment était venu

de lui faire faire ses premières armes, et il ordonna tout exprès un tournoi à Bruxelles.

Le jeune comte de Charolais devait en être le tenant.

Mais la duchesse intervint ; — la pauvre mère craignait qu'il n'arrivât malheur à son fils bien-aimé.

Le duc tint bon.

Isabelle demanda que, tout au moins, le jeune comte s'essayât avant d'entrer en lice.

Le duc alors jeta les yeux autour lui, et choisit, parmi tous ses chevaliers, Jacques de Lalaing comme le plus digne de donner cette leçon d'armes à l'héritier de Bourgogne ; et chacun applaudit au choix, disant que jamais si grand honneur ne pouvait être attribué à meilleur chevalier.

On décida que la leçon d'armes serait donnée au jeune prince dans le parc de Bruxelles, en présence de quelques personnes seulement.

La duchesse demanda la permission d'assister à cet exercice.

Les deux combattants se présentèrent à cheval, chacun au bout de l'allée qui devait leur servir de lice; à chacun d'eux on remit une lance; puis, sur l'ordre du duc, les deux adversaires coururent l'un sur l'autre.

Le comte de Charolais brisa sa lance sur l'écu du sire de Lalaing, qui n'en resta pas moins ferme sur ses étriers.

Quant au sire de Lalaing, il ne toucha point le comte de Charolais : sa lance passa au-dessus du casque du jeune prince.

Le duc vit bien que le vieux chevalier ménageait son fils; il se fâcha tout rouge et cria au sire de Lalaing :

— Sire de Lalaing, mon ami, je vous ai choisi pour pousser mon fils, et non pour le ménager. Si vous voulez en agir ainsi, faites place à un autre.

Tout au contraire, et en même temps, la duchesse remerciait du regard le vieux chevalier.

Mais Jacques de Lalaing écouta le duc. D'autres lances furent apportées. Le chevalier et son jeune élève coururent l'un sur l'autre et les deux lances furent brisées.

Cette fois, ce fut la duchesse qui gourmanda le chevalier, disant qu'il y avait été trop vigoureusement.

Deux ou trois nouvelles épreuves furent encore tentées, que le comte de Charolais soutint à merveille.

Le duc et la duchesse se retirèrent donc on ne peut plus satisfaits; car chacun d'eux se disait que, le jour du tournoi, le comte se montrerait digne de son nom.

En effet, le jour du tournoi venu, le jeune prince, accompagné de son cousin le comte d'Étampes, de ses jeunes compagnons Philippe de Croy, Jean de la Trémoille, Charles de Ternant, et suivi de ses gouverneurs le Ber d'Auxy et le sire de Rosembos. entra dans la lice, qui était préparée sur la place de l'hôtel de ville de Bruxelles, et rompit successivement dix-huit lances ! Il fut proclamé vainqueur à l'unanimité et reçut le prix des mains des dames.

Ce jeu guerrier servait de prélude à un jeu plus grave : on allait entrer en campagne contre les Gantois, et, sur un premier refus de son père de lui donner un commandement dans l'armée, le jeune comte avait juré par saint Georges, — c'était son serment : ce fils de France jurait par un saint anglais — et le jeune comte, disons-nous, avait juré par saint Georges, que, si on le laissait à Dijon ou à Bruxelles, il partirait, fût-ce en pourpoint, pour rejoindre son seigneur et l'aider à se venger de ses rebelles sujets.

Deux mots sur la *rébellion* des Gantois.

II

LE LION DE FLANDRE

Les causes des luttes entre sujets et princes sont celles que les historiens doivent toujours essayer de mettre dans la plus grande lumière.

Cette querelle entre les Gantois et leur seigneur remontait haut. — Philippe le Bon leur gardait rancune pour l'avoir abandonné au siége de Calais.

Bruges s'était révolté : le duc avait soumis Bruges, et y faisait régner son autorité despotique sans le moindre souci des franchises et priviléges de la ville. Il avait grande envie de réduire Gand au même état que Bruges, et d'y exercer sans empêchement son pouvoir absolu.

Mais le bon duc avait, pour première vertu politique, — grande vertu! — celle de savoir attendre.

Il attendait donc, et, tout en attendant, faisait des essais.

Ainsi, en 1440, il avait par son bon plaisir transporté à Courtrai le conseil de Flandre, qui jusqu'alors avait siégé à Gand.

En 1448, il lui plut de décréter un nouvel impôt sur le sel.

Ypres et Bruges obéirent sans remontrance. Gand refusa de payer.

La ville se gouvernait par elle-même; bien souvent elle avait changé son mode de gouvernement. C'était son droit.

Elle avait à sa tête vingt-six jurés; treize d'entre eux étaient chargés, comme conseillers, des affaires de la ville et de la conduite des finances; treize autres, comme échevins, étaient juges et rendaient la justice.

Les habitants étaient divisés en trois catégories :

les bourgeois, les gens de métier et les tisserands.

Les bourgeois élisaient trois conseillers et trois échevins ; les gens de métier et les tisserands nommaient chacun cinq conseillers et cinq échevins.

Cette forme de gouvernement remontait au temps où Philippe le Bel avait vaincu les Flamands.

En outre, la ville s'était créé, depuis, un autre ordre de magistrats : c'étaient des doyens.

Chacun des cinquante-deux métiers avait son doyen. Le doyen des bourgeois était, de droit, chef et premier bailli de la ville ; on l'appelait le grand doyen ; c'était à lui que le duc déléguait son autorité. Chaque doyen était garde de la bannière du métier auquel il appartenait, et il avait droit d'assembler tous les hommes de ce métier.

Il suffisait donc qu'un doyen prît sa bannière et l'allât planter sur le marché du Vendredi, pour que tous les gens du métier se réunissent à l'instant même autour de cette bannière.

Il était bien rare qu'une pareille réunion se fît sans troubles.

Le duc, mécontent du refus de l'impôt du sel, et cherchant une occasion de faire pour Gand ce qu'il avait fait pour Bruges, déclara aux Gantois qu'il séparait l'office de grand doyen de celui de bailli; qu'en conséquence, il ne déléguerait plus son autorité au représentant de la ville.

Enfin, au mois de septembre 1449, le bon duc mit de fortes garnisons à Termonde, à Gavre, à Rupelmonde, fit barrer les canaux, décréta de nouveau la gabelle du sel, et y ajouta une taxe sur le blé et la mouture.

Les Gantois refusèrent plus que jamais de payer. Le duc retira alors tout pouvoir aux magistrats de la ville, cassa les échevins et les baillis, et défendit par toutes les Flandres qu'on obéît en rien aux gens de Gand.

Il y avait longtemps déjà que le duc en eût fini

avec la ville obstinée, s'il n'avait regardé à l'ouest. Les villes flamandes étaient sous la juridiction de la France, et souvent, dans les cas extrêmes, s'adressaient à elle. Or, en 1450, la France commençait à se débarrasser des Anglais, et Charles VII, le roi de Bourges, redevenait peu à peu le roi de France. En 1453, les Anglais ne possédaient plus en France que Calais.

Il est vrai que le duc de Bourgogne avait plus de prise sur le roi de France que le roi de France n'en avait sur lui, et surtout en cas de guerre déclarée. Par Auxerre et Péronne, il tenait Paris de près ; mais, tout autour de Paris, les cousins de la Toison d'Or tenaient Nemours, Montfort, Vendôme. Il y avait plus : le duc d'Orléans, le prisonnier d'Azincourt, qu'après vingt-cinq ans de captivité, Philippe venait de racheter pour une somme qui, de nos jours, équivaudrait à celle de trois millions, le duc d'Orléans auquel il avait passé la Toison d'Or au cou et fait épouser une de ses parentes, était certainement tout prêt à lui donner passage par la Loire. Il n'y a rien de plus tendre que de vieux ennemis nouvellement réconciliés.

Quant au roi de France, quelle arme avait-il contre le duc de Bourgogne? Sa haute juridiction sur les provinces françaises, ses influences sur Gand et sur Liége, ces deux cabestans démocratiques qui lui servaient à tirer le duc de Bourgogne en arrière, quand il prenait à celui-ci des velléités de marcher vers la France.

C'était à la fois l'heur et le malheur, la force et la faiblesse du duc Philippe d'avoir ces grandes villes populaires. L'absolutisme était partout; ces rois d'Angleterre, de France, d'Espagne, cet empereur d'Allemagne, le pape lui-même, tous semblaient commander à des morts; la vie est là où est la liberté. Le duc de Bourgogne seul commandait à des vivants, et il s'en apercevait en ce que ces vivants n'obéissaient pas.

Par bonheur pour le duc, on apprit tout à coup que les Anglais, conduits par Talbot, venaient de débarquer en Guyenne.

Cela taillait de la besogne au roi Charles VII, qui n'aurait plus le temps de s'occuper des Gantois.

Dès cet instant, la campagne dont nous avons parlé et dans laquelle le jeune comte de Charolais devait faire ses premières armes fut résolue.

Les Gantois firent alors une démarche pour désarmer leur seigneur, celui à qui ils faisaient serment de le respecter « dans sa vie, dans son corps, dans ses membres, dans sa femme et dans ses enfants. » Le sire de Comines, — le même qui nous a laissé de si charmants mémoires sur Louis XI, — le sire de Comines, seigneur de la Clyte, grand bailli de Flandre, s'interposa.

Le bon duc exigea d'abord qu'on livrât les trois hommes qui s'étaient particulièrement opposés à l'impôt sur le sel. C'étaient Daniel Sersander, Liévin Potter et Liévin Snowt.

Les Gantois refusèrent.

Les trois coupables, — coupables au point de vue du duc, bien entendu, héros au point de vue populaire, — résolurent, eux, de se confier à la bonté de leur seigneur.

Ils allèrent le trouver à Termonde, s'agenouillèrent humblement devant lui et lui demandèrent pardon.

Le duc exila Sersander à vingt lieues de ses États pour vingt ans ; Porter à quinze lieues pour quinze ans et Snowt à dix lieues pour dix ans.

Telle était la grâce que leur faisait le bon duc !

A cette nouvelle, les Gantois s'exaspérèrent. La monstrueuse cloche du beffroi sonna sa note uniforme ; on l'appelait Roland de son tintement sinistre, qui semblait crier : *Ro-land — ro-land — ro-land !*

Aussi disait-elle d'elle-même, la terrible alarmiste :

« Je m'appelle Roland ; quand je tinte, il y a incendie ; quand je sonne, il y a guerre ! »

Il y avait donc rébellion dans la ville de Gand ; — c'était ainsi que le bon duc appelait le soulèvement de ces braves bourgeois, poussés à bout par sa tyrannie. — Et Roland sonnait !

Nous avons dit quelques mots de l'organisation politique des Gantois ; nous serions incomplet si nous ne disions pas quelques mots de leur organisation sociale.

Peut-être verrons-nous par là si c'étaient d'aussi méchantes gens que le disaient les historiens de Bourgogne.

Rappelez-vous ce que, sous Louis-Philippe, les journaux du gouvernement disaient des *rebelles* de Lyon, malheureux *canuts*, frères des *lollards* flamands, qui mettaient sur les enseignes de leur rébellion : « Vivre en travaillant ou mourir en combattant ! »

Si vous voulez savoir d'où vient le mot de lollard : *lulla*, endormir, en suédois; en vieil allemand, *lullen*, chanter tout bas. — Les lollards étaient donc des martyrs du travail qui chantaient tout bas pour endormir leur misère. On les appelait encore *boghards*, ce qui veut dire ceux qui prient.

Quant aux femmes, elles, c'étaient des *béguines;* — allez dans les vieilles villes de Flandre, et vous verrez encore ces béguinages où se rassemblent des femmes non-cloîtrées, religieuses sans vœux ou du moins liées par des vœux très-courts; — elles pouvaient se marier, et passaient, de leur petite cellule dans la pauvre chambre de l'ouvrier, où elles apportaient la religion et l'amour, ces deux grandes consolations de la vie humaine.

La nature des Flandres est triste : c'est le Nord pluvieux, le Nord des brouillards, le Nord de la boue;

le Nord des glaces est un paradis près de celui-là.

Allez un peu plus loin, vous avez la Hollande, pays factice dont la vie ou la mort dépend d'un trou fait à une digue; la Hollande, où un jour l'Océan se trompa, couvrit de ses vagues soixante villages, et, à la place où avaient été ces soixante villages, mit la mer de Harlem.

Eh bien, c'est là où la nature est triste, qu'il faut trouver la gaieté de la maison; c'est là où manquent les rayons du soleil, qu'il faut se chauffer à la flamme du foyer.

Aussi, voyez les Flamands se serrer les uns contre les autres comme pour se réchauffer. Ils donnent, ainsi que tous les hommes, le nom d'amour à l'union de l'homme et de la femme; mais ils donnent le nom d'*amitiés* à leurs compagnies. On ne disait pas la compagnie de Lille, la compagnie d'Aire : on disait l'*amitié* de Lille, l'*amitié* d'Aire.

Leur devise était : « Tous pour chacun, chacun

pour tous ! » leur mot de ralliement (à Courtrai) : *mon ami, mon bouclier*.

Quel est le carillon de leurs cloches? Le carillon de la Loi; et, quand leur Jacquemart sort avec sa femme Jacqueline, pour frapper l'heure avec son marteau de fer sur le tamtam de bronze, que chantent-ils en frappant? Le psaume *Quam jucundum est, fratres, habitare in unum* (frères, qu'il est bon d'habiter tous en un seul) !

Les historiens diront tout ce qu'ils voudront, mais ce ne sont point de méchants hommes, ceux-là qui ont fait de la fraternité leur devoir.

Quelle était la vie des Flandres? L'industrie. Qu'était la Flandre elle-même? Un produit de l'industrie; la Flandre occidentale est conquise sur l'eau salée; la Flandre orientale est conquise sur les eaux douces.

L'industrie fit comme les conquérants : elle se fit reine du pays conquis.

De quel droit le duc Philippe venait-il dire à l'industrie : « Je suis comte de Flandre depuis dix, vingt ou trente ans ! »

L'industrie lui répondait : « J'étais comtesse de Flandre bien avant toi, et tu n'as pas pu hériter de moi qui suis immortelle. »

Puis le pauvre ouvrier, qui se glorifiait d'être *des messieurs de Gand*, payait cher ces honneurs ; ce n'était point pour lui une sinécure comme pour Charles-Quint, qui, lui aussi, était bourgeois de Gand. Il fallait s'acquitter en pertes de temps. *Times is money* (le temps, c'est l'argent), disent les Anglais, ces Flamands de la Grande-Bretagne; or, dans les époques de calme, la cloche appelait l'artisan aux assemblées, aux élections ; dans les jours de danger, Roland l'appelait aux armes, et, quand Roland sonnait, nul qui ne répondît : « Me voilà ! »

Car Roland, c'était la grande âme qui animait

tout ce peuple de commerçants, d'ouvriers, d'artisans, âme sonore, grande voix de bronze qui avait parlé dans toutes les circonstances importantes, dans tous les événements suprêmes de la ville; lorsqu'elle sonnait, elle sonnait sa propre agonie, et alors, avec ses puissantes vibrations, le vertige se répandait sur la foule, et il n'y avait plus chez personne, ni volonté, ni raison.

Tous coururent aux armes depuis vingt ans jusqu'à soixante; les prêtres et les moines prirent place dans les rangs.

Quarante-cinq mille hommes sortirent de la ville!

Un ouvrier maçon fut nommé capitaine.

Sans doute un de ces maçons architectes et ingénieurs qui bâtissaient des cathédrales comme Michel-Ange, et, au besoin, comme lui, faisaient des machines de guerre.

Ce furent les Gantois qui commencèrent les hostilités. Ils épièrent le moment où le gouverneur de

Gand entendait la messe ; ils se présentèrent à la porte de la citadelle, feignant de conduire des prisonniers ; les sentinelles, sans défiance, les laissèrent passer. Eux passés, la ville était prise.

Quelques jours après, les châteaux de Poucques et de Schendelbelke tombaient entre leurs mains.

Cependant un des seigneurs de Lalaing eut le temps de se jeter dans Audenarde avec quelques gentilshommes. La ville n'était point approvisionnée ; de Lalaing eut recours à une véritable ruse de seigneur ; il engagea les paysans à retirer derrière les murailles leurs troupeaux et leurs vivres ; puis, quand il eut sous la main les vivres et les troupeaux, il mit les paysans à la porte.

Il tint du 14 au 30 avril ; après quoi, il fut secouru et délivré.

Mais sa délivrance fut l'occasion d'un rude combat. Les chevaliers s'étaient imprudemment lancés au milieu des piques des bonnes gens de Gand ; ils y fussent tous restés sans les archers de Picardie, qui prirent les Gantois en flanc et qui les criblèrent de flèches.

Les vaincus, tout en faisant retraite, combattirent jusqu'aux portes de Gand. Ceux qui avaient donné particulièrement dans cette journée étaient des bouchers; leur porte-bannière, blessé aux deux jambes, continua de se battre en marchant sur les deux genoux. Toute la corporation prétendait descendre d'un bâtard des comtes de Flandre, et prenait le titre de *prince-kinderen* (enfants du prince)! Le porte-bannière se nommait Corneille Sneyssan.

Au nombre des chevaliers qui avaient pénétré le plus avant au milieu des Gantois était le brave Jacques de Lalaing, que nous avons vu donner, dans le parc de Bruxelles, sa première leçon d'armes au jeune comte de Charolais. Un instant, il fut assailli de telle manière, que, quoiqu'il se défendît comme un lion, il allait succomber, lorsque le valet du sire de Bouvignies, voyant le péril où se trouvait le bon chevalier, enfonça les éperons dans le ventre de son cheval, et, sans être couvert d'aucune armure, une seule javeline à la main, se précipita à son secours, et fit tant du poitrail de son cheval, qu'il écarta les piques et fit un peu de jour autour du chevalier. Jacques de Lalaing en profita pour se dégager ; mais, en se retirant, il s'aperçut que celui qui venait de le secourir ne le suivait pas ; si fort pressé qu'il fût, il se retourna pour voir ce qu'était devenu son sauveur; celui-ci avait reçu sur la tête un coup de masse à pointes de fer et était tombé de son cheval.

Jacques de Lalaing revint sur ses pas, s'élança, l'épée au poing, au plus fort de la mêlée, et, secondé par quelques chevaliers blessés et meurtris comme lui, tira le pauvre diable d'entre les mains des bouchers, qui, après l'avoir assommé comme un bœuf, allaient le dépecer !

Il ne s'agissait point de faire le siége de Gand ; il eût fallu, pour une telle entreprise, un nombre d'hommes et un attirail de machines que le duc n'avait pas. Il mit garnison dans toutes les villes avoisinantes, et lui-même vint à Termonde, où il fit construire un pont de bateaux afin d'être maître des deux rives de l'Escaut, et de pouvoir, en traversant le fleuve, aller faire des courses de l'autre côté de Gand, et au nord de la ville, dans le pays de Waes. Le pays de Waes était, comme il l'est encore aujourd'hui, un pays fort riche, coupé de canaux, de fossés et de haies ; autrefois, ses habitants avaient marché sous la bannière de la ville, et les Gantois s'intitulaient seigneurs du pays de Waes, comme le bon duc se disait comte de Flandre.

La difficulté qu'il y avait à pénétrer dans ce Bocage flamand était cause que, lors des guerres antérieures, ses habitants avaient peu souffert.

Mais, dès que le pont fut établi, une troupe d'hommes d'armes se chargea d'aller reconnaître le pays; cette troupe était commandée par les sires de Lannoy et de Humières, le bâtard de Renty et Jacques de Lalaing; elle avait avec elle bon nombre d'archers qui s'avançaient en éclaireurs.

Le détachement surprit ainsi le village de Lokeren. Il y avait une petite garnison de Gantois qui se mit en retraite, tandis que les paysans se réfugiaient et se barricadaient dans l'église.

Les chevaliers poursuivirent les Gantois; les archers se mirent à piller; les hommes refugiés dans l'église sonnèrent le tocsin.

Le tocsin est un oiseau de bronze: il ne s'envole d'un clocher que pour se poser sur un autre; bientôt toutes les églises gémissantes appelèrent aux armes les habitants du pays.

Ceux-ci se réunirent au nombre de trois mille, filèrent derrière les haies, suivirent les digues, traversèrent les canaux, s'emparèrent du pont de Termonde, et fermèrent ainsi le retour aux gens du duc.

En même temps, une grande trombe de flamme et de fumée apparut se tordant en l'air. C'était le village de Lokeren qui brûlait; les habitants eux-mêmes y avaient mis le feu pour en chasser les archers.

Il fallut combattre à découvert, et les chevaliers, en voyant le nombre d'ennemis auxquels ils avaient affaire, commençaient à se repentir de leur expédition. Mais le sire de Lalaing était là: c'était par excellence l'homme de ces sortes d'expéditions. Il se jeta au milieu des piques, où le bâtard de Renty venait d'être forcé d'abandonner la bannière du duc; les archers, de leur côté, reprirent courage; afin d'atteindre et de ne point être atteints, ils dépouillèrent leur jaque de maille, qui les alourdissait, et, se répandant sur les ailes, criblèrent de flèches les lourds paysans flamands, qui ne pouvaient lutter avec eux à la course.

Mais il fallait sortir de la position où l'on était. Le sire de Lalaing donna l'exemple et poussa son cheval dans un canal qu'il traversa à gué. Lui était hors de danger; mais là n'était point l'affaire: il s'agissait de tirer les autres du mauvais pas. Il repassa dix fois le canal pour venir porter secours à ceux qui étaient sur l'autre rive, et il avait déjà eu cinq chevaux tués sous lui, lorsque, s'apercevant que son frère Philippe était resté parmi les ennemis, il s'élança pour la onzième fois dans le canal, et dégagea l'imprudent.

Le duc le fit dîner entre lui et son fils, afin de l'honorer comme le plus brave de la journée, et, lorsque le comte de Charolais, avide de faits d'armes, lui demanda quel était celui des combattants qui l'avait le mieux secondé:

— Ma foi, monseigneur, répondit de Lalaing, c'est votre fou, André de la Plume, qui ne m'a point quitté un instant de la journée.

Cependant, les avantages des Flamands n'étaient que partiels, et le duc, ne pouvait manquer d'avoir bientôt le dessus.

Le comte d'Étampes, qui tenait Audenarde, s'empara de Nivelles, après un combat acharné. Deux cents hommes s'étaient retirés et barricadés dans une église où ils sonnaient le tocsin à toute volée; les Bourguignons mirent le feu à l'église; le clocher s'écroula, la cloche écrasa les sonneurs; tous périrent, pas un ne songea à se rendre.

Puis les Hollandais, convoqués, accoururent avec leur contingent. Entre les Flamands et eux, c'était une guerre à mort dont 1830 n'a probablement pas brûlé la dernière amorce. Ils envahirent ce pays de Waes tout coupé de canaux, et se crurent encore chez eux; dans de pareilles localités, il fallait des Hollandais pour combattre des Flamands.

A ces attaques et à ces menaces, les Gantois répondaient par des efforts inouïs. Outre les compagnies des chaperons blancs, une compagnie s'organisa qui se nommait la confrérie ou l'*amitié de la verte tente*, et avait pour capitaine le bâtard de Blanstroem.

Ce nom de la *verte tente* signifiait qu'une fois sortis de la ville, les confrères ou amis ne coucheraient plus que sous la voûte des arbres. Reconnaissez-vous là la vieille vanterie germanique; celle des Suèves dans leur guerre contre César? A quinze cents ans de distance, sans s'en douter, les enfants faisaient et disaient ce qu'avaient fait et dit les pères.

Une partie de ces volontaires, appartenant au petit peuple, s'étaient choisi pour chef un coutelier. C'était un homme d'un âpre courage, ayant la taille et la force d'un géant; il plaisait tant à cette multitude, qu'elle disait :

— Si nous sommes vainqueurs, nous le ferons comte de Flandre!

Guidé par un faux avis, surpris lorsqu'il croyait surprendre, le chef des volontaires vit sa troupe mise en déroute près de Hulste. Pris avec deux mille des siens, il fut conduit au duc.

Celui-ci essaya d'en sauver quelques-uns en offrant la vie à ceux qui demanderaient grâce ; mais pas un n'accepta, chacun disant qu'il aimait mieux mourir que de crier merci.

Tous furent mis à la potence, et, la corde au cou, ils criaient :

— Mon Dieu ! recevez ceux qui meurent pour la bonne cause, car ils meurent martyrs !

Dans l'extrémité, non pas où ils étaient, mais qu'ils entrevoyaient déjà, les Gantois firent deux choses : ils s'adressèrent aux Brugeois pour demander leur secours et au roi de France pour réclamer sa médiation. La lettre à Charles VII existe ; c'est une belle et noble lettre, dans laquelle les Gantois se bornent à exposer leurs griefs contre le duc de

Bourgogne et à se plaindre de la mauvaise administration de ses gens.

L'ambassade aux Brugeois avait une certaine majesté : c'étaient douze mille hommes en armes.

Ces douze mille hommes arrivèrent jusqu'aux portes de Bruges, qu'ils trouvèrent fermées.

Les magistrats de Bruges, avertis de leur arrivée, les attendaient hors des murs.

— Messieurs de Gand, demandèrent-ils, que nous voulez vous?

— Nous venons réclamer l'aide et la protection que l'on se doit entre frères, répondirent les ambassadeurs.

Les magistrats répliquèrent :

— Nous avons consulté le peuple, et le peuple est d'avis de rester neutre.

Les douze mille hommes, qui pouvaient entrer de force dans la ville, demandèrent alors qu'on les y laissât pénétrer, seulement pour boire et manger en payant.

Mais les Brugeois répondirent :

— Nos chers amis, sachez que nous ne voulons laisser entrer personne dans notre ville ; mais nous allons vous envoyer du pain et de la bière. Buvez, mangez et allez-vous-en.

Les Gantois mangèrent, burent et s'en allèrent.

A leur retour, les douze mille ambassadeurs racontèrent ce qui s'était passé. On résolut de s'adresser au duc et de demander des conditions.

Mais le duc répondit qu'il ne traiterait point avec des rebelles; que les Gantois eussent donc à se rendre à merci, ou qu'il les passerait tous par les armes.

Gand résolut de combattre seul, avec son droit.

Roland sonna plus lamentablement que jamais, et de nouveaux combattants sortirent de terre. L'audace grandit en présence du danger; les têtes furent prises du vertige du nombre : en voyant trente mille combattants réunis dans ses rues, Gand, qui ne pouvait les compter, se crut invincible comme l'Océan, qui, lui non plus, ne sait pas le nombre de ses vagues.

III

TEL PÈRE, TEL FILS

Les Gantois sortirent de leur ville. Une partie de leur armée, la plus forte, alla camper à Baerselle, près de Rupelmonde, et s'y retrancha ; elle traînait avec elle une belle artillerie. Chaque corps de métier avait fait faire une couleuvrine où son nom était gravé.

Le duc résolut d'attaquer cette armée avec toutes ses forces. Il divisa son monde en trois batailles.

Le commandement de l'avant-garde fut confié au

comte de Saint-Pol, ayant sous ses ordres Corneille, bâtard de Bourgogne, Jacques de Lalaing et le sire de Saveuse.

Le duc commandait le gros de l'armée; il avait près de lui son fils, le comte de Charolais.

L'arrière-garde avait pour chef le comte d'Étampes et Jean, duc de Clèves; elle se composait presque en entier d'Allemands.

Le duc et le comte, comme c'était la coutume, firent plusieurs chevaliers. Le comte ne se tenait pas de joie d'assister à sa première bataille; c'était une de ces organisations où le sang domine, où les instincts carnassiers l'emportent sur les instincts sociaux, et où le front déprimé laisse à la région de l'occiput toutes les proéminences cérébrales.

Le plan de la bataille était bien simple, et comme il convenait d'en arrêter un devant de pauvres bourgeois n'ayant aucune idée de la guerre.

Philippe enverrait contre l'armée rebelle une partie de son avant-garde; après le premier choc, cette partie se replierait pour engager les Gantois à sortir de leurs retranchements. Une fois sortis, ils étaient perdus : le duc donnerait avec toute son armée.

On eût dit que c'était chose convenue avec les pauvres gens, tant ils firent exactement ce que le duc avait prévu.

Les Gantois se mirent imprudemment à la poursuite de l'avant-garde bourguignonne, qui se replia sur l'armée.

Et quand, tout en désordre de leur poursuite, ils furent à portée du trait, toutes les trompettes sonnèrent et toutes les couleuvrines firent feu.

En même temps, les archers commencèrent à tirer sans relâche en poussant de grands cris : c'étaient ces archers, dont les longues flèches les atteignaient de loin et perçaient leurs armures de cuir, qui étaient les plus redoutables à ces braves gens.

Alors, il y eut une lutte entre le comte de Saint-

Pol et tous ces jeunes chevaliers que l'on venait de faire, et qui avaient hâte de se signaler; le comte de Saint-Pol était obligé de les contenir en les appelant par leur nom, et en leur disant qu'ils allaient compromettre la journée, s'ils chargeaient partiellement et sans ordre.

Le plus impatient de tous était Corneille, bâtard de Bourgogne; il voulait mettre pied à terre pour combattre avec les archers, comme il avait entendu dire que cela s'était fait autrefois aux grandes batailles de Poitiers, de Crécy et d'Azincourt. Il fut à grand'peine retenu par Guillaume de Saint-Seine, son gouverneur.

Mais, dès que les Gantois commencèrent à se troubler sous la pluie de flèches qui tombait sur eux, il n'y eut plus moyen d'arrêter toute cette jeunesse; le bâtard de Bourgogne, un des premiers, coucha sa lance en arrêt et se jeta au milieu des fuyards avec les gens de sa maison; un des premiers aussi il fut puni de sa témérité.

Il n'avait point de gorgerin; sans doute avait-il pensé que ce complément d'armure était inutile en face de pareils manants.

Un paysan, pressé par lui, se retourna, lui lança sa pique à la gorge ; l'arme entra sous la mâchoire et pénétra jusqu'au cerveau.

Le jeune homme tomba roide mort.

Il fut bien vengé ! Tout ce que l'on fit de prisonniers—et l'on en fit beaucoup—fut égorgé ou pendu.

Le duc était au désespoir.

— Quand j'en ferais pendre et égorger cent mille, s'écriait-il, cela ne compenserait pas la perte que je fais.

Il adorait ce bâtard presqu'à l'égal de son fils légitime.

Le corps fut relevé et porté solennellement à Bruxelles, où, par les soins de la duchesse, on lui fit de magnifiques funérailles.

Un autre fils naturel du duc devint bâtard en titre : c'était le fils d'une noble demoiselle nommée Marie de Thiefferies. Il prit le nom de bâtard de Bourgogne, qu'il porta dorénavant.

Mais, de son côté, le jeune comte de Charolais était désespéré : il n'avait rien fait dans cette fameuse journée de Rupelmonde, que d'assister à la bataille, l'avant-garde ayant seule donné.

Pour le consoler, le duc l'envoya dans le pays de Waes reconnaître si l'on pouvait en achever la soumission.

Charles trouva une troupe de Gantois retranchée à Morbecque. Sans doute avaient-ils quelque ingénieur avec eux, car ils étaient admirablement fortifiés.

Il faisait une effroyable chaleur; plusieurs hommes d'armes s'étaient évanouis dans leurs cuirasses, deux étaient morts suffoqués.

Le comte de Charolais voulait attaquer quand

même; on avait beau lui représenter que les hommes étaient accablés de fatigue, écrasés par la chaleur; on avait beau lui montrer ces retranchements faits de main de maître, il déclarait que peu lui importait le nombre et la force de position de ces manants.

Le Ber d'Auxy, son gouverneur, le sire de Ternant et le sire de Créquy l'entourèrent alors, le reprenant tous à la fois pour cette ardeur, et lui disant que, par trop de jeunesse, il allait gâter les affaires de son père; mais le prince insistait d'autant plus qu'on le voulait retenir.

Enfin, il céda.

— Mais, au moins, dit-il, couchons ici, en face de ces bandits, pendant que l'on ira chercher l'artillerie et du renfort. Le renfort et l'artillerie arriveront dans la nuit, et, demain, nous attaquerons.

Le conseil ne le voulut pas, et force fut au jeune

prince d'obéir. Il se retira en s'arrachant les cheveux, en pleurant de rage et en criant :

— Un jour, je serai le maître !

En effet, il le fut, pour son malheur et pour celui de la maison de Bourgogne.

Cependant, en réponse à la lettre des Gantois, le roi de France s'était entremis auprès de leur duc ; mais, nous l'avons dit, le roi de France, attaqué par les Anglais, inquiété par le dauphin, dont nous aurons bientôt à nous entretenir, ne pouvait pas mettre grande insistance dans ses négociations. Après une suspension d'armes de six semaines, les hostilités furent reprises.

Seulement, cette fois, les Gantois étaient renfermés dans leur ville ; il s'agissait de les attirer en pleine campagne. On essaya de la ruse ou plutôt de la trahison.

Suivons d'abord le duc dans la reprise des hostilités. La trahison viendra en son lieu et place.

Le duc, pour cette nouvelle campagne, partait de Lille, et suivait la route de Courtrai.

La forteresse de Schendelbeke se trouvait sur sa route; les Gantois y avaient mis une garnison de deux cents hommes.

En avant de cette forteresse était une petite tour qui en défendait les approches ; vingt hommes s'y étaient enfermés.

L'armée bourguignonne commença donc par assiéger la tour.

Les archers se placèrent de manière à percer de leurs flèches tout homme qui se montrerait sur la muraille.

Mais cette muraille étant fort élevée, et les Flamands ne se montrant qu'avec discrétion, le jeu menaçait de se prolonger outre mesure.

Tout le monde sait le dédain que professaient les chevaliers pour les manants ; on demanda de toutes parts des échelles ; on n'en trouva qu'une, on l'apporta.

A peine fut-elle dressée, qu'un chevalier, le sire de Fallarens, y monta.

Malheureusement, tout près de la porte était une petite ouverture, une espèce de meurtrière; un Gantois se tenait à cette ouverture, la pique à la main : quand le chevalier fut à la hauteur voulue, notre homme darda sa pique et lui en porta un si grand coup, qu'il le précipita du haut en bas de l'échelle.

Un parent du sire de Fallarens s'élança à son tour sur les échelons, criant que c'était à lui de venger son cousin, et il mit l'épée à la main pour couper la pique du manant, au moment où elle sortirait de la muraille. Mais le manant prit si bien son temps, que sa pique, rapide comme l'éclair, atteignit le chevalier à la visière, lui perça la joue, et le jeta à demi mort dans le fossé.

Cinq ou six autres se succédèrent et eurent le même sort.

Alors, le sire de Montaigu, qui commandait l'assaut, fit apporter de la paille et des fascines que l'on appliqua contre la porte et auxquelles on mit le feu.

Pendant ce temps, une autre échelle ayant été apportée, un écuyer, nommé Jean de Floré, y monta, et, à force d'attaquer la muraille à grands coups de hache, finit par y pratiquer une ouverture.

Au bout de trois heures de défense, les vingt hommes furent forcés; il en restait sept de vivants : on les pendit.

C'était au tour de la forteresse. Elle résista cinq jours, puis fut prise. Toute la garnison, y compris le capitaine, qui était gentilhomme, fut pendue aux arbres qui environnaient la citadelle.

Ensuite, le duc marcha contre le château de Poucques.

Ce château fut bloqué de toutes parts; les approches furent enlevées, les palissades brûlées, les premiers ponts emportés, à l'exception du grand pont-levis, que les assiégés relevèrent avec des chaînes et dont ils masquèrent la porte d'entrée.

Les Bourguignons, jugeant qu'il était impossible de prendre la forteresse par escalade, firent venir de l'artillerie.

L'artillerie venue, on avisa entre deux tours un endroit de la muraille qu'à l'ouverture des fenêtres on put reconnaître comme n'ayant que quelques pieds d'épaisseur.

Parmi les pièces d'artillerie que l'on venait d'amener, il y avait une magnifique bombarde que l'on appelait la Bergue. Plusieurs des chevaliers étaient venus là pour la voir travailler; une mauvaise chance y conduisit le sire Jacques de Lalaing, qui, tout blessé qu'il était à la jambe, ne voulait point se tenir tranquille au camp.

La batterie que venait de dresser les assiégeants était garantie du canon des Gantois par un rempart de fascines et de tonneaux remplis de terre.

Jacques de Lalaing s'avança pour regarder,

comme les autres, le travail de la bombarde ; seulement, plus imprudent qu'un jeune homme, il dépassa l'épaulement de toute la tête.

De leur côté, les assiégés venaient d'amener sur la plate-forme un de ces petits canons, nommés veuglaires, que l'on traînait ou transportait à bras, là où l'on avait besoin de leur office. Les assiégés le pointèrent sur la batterie, et un enfant y mit le feu.

Au moment où le bruit du coup se faisait entendre, le sire Jacques de Lalaing roula dans la tranchée.

On essaya de le relever, il était mort ; un éclat de bois, mis en mouvement par le boulet, lui avait enlevé tout le haut du crâne.

Ce fut un grand deuil dans toute l'armée et particulièrement chez le duc. « La seule chose qui apporta quelque adoucissement à cette douleur universelle, dit le chroniqueur, fut que le bon chevalier, étant si sage et si pieux, on le croyoit assuré du paradis. »

Lorsque la forteresse fut prise, tout ce qui s'y trouvait fut pendu, à l'exception de deux prêtres, d'un lépreux et de trois jeunes enfants. C'était un de ces enfants qui avait mis le feu à la veuglaire; mais le duc ne le sut que lorsqu'il était déjà loin; il fit courir après lui.

Heureusement, sachant ce qui l'attendait, l'enfant avait joué des jambes et était déjà rentré à Gand.

Poucques réduit, le duc alla mettre le siége devant Gavre. C'était cette forteresse dont les Gantois s'étaient emparés par surprise.

Là commence la trahison.

Au bout de six jours de canonnade, le capitaine Van Speek, sous prétexte que ces six jours de canonnade avaient à peine mordu sur la muraille, fit accroire à ses gens que sans doute pourrait-on obtenir de bonnes conditions du duc.

Il demanda une trêve pour parlementer, et l'obtint.

Alors, il vint au camp et eut un long entretien

avec le duc et le nouveau bâtard de Bourgogne.

Mais, en rentrant au château, il annonça à ses hommes que, la discussion n'ayant abouti à rien, il fallait se résoudre à mourir, à moins que l'on ne vînt de Gand à leur secours. Quant à vaincre, bien entendu, il n'y fallait point penser.

Ce résultat était si conforme aux précédents du duc, que les assiégés ne firent pas le moindre doute sur la réalité de la réponse, et que, quand Van Speek proposa d'aller à Gand, ils acceptèrent avec reconnaissance.

Van Speek partit, emmenant son lieutenant Jean Dubois et quatre hommes.

Ils trouvèrent un point du blocus mal gardé, tuèrent les sentinelles et passèrent.

L'Escaut se trouvait sur leur chemin; ils le franchirent à la nage et arrivèrent à Gand.

Là, tout le monde s'assembla autour d'eux, demandant des nouvelles.

Alors, le traître raconta aux Gantois que l'armée du duc avait été décimée en partie par une épidémie; que, d'un autre côté, une grande quantité de gens d'armes s'était retirée faute de payement. Bref, le duc, selon lui, restait avec quatre mille hommes seulement, et était à la merci des Gantois, s'il plaisait à ceux-ci de sortir de leurs murailles et de venir le surprendre.

On croit facilement aux bonnes nouvelles; d'ailleurs, les Gantois n'avaient aucune raison de se défier de cet homme qu'ils avaient fait capitaine et qui les avait bien servis jusque-là.

Une attaque fut résolue; elle devait se combiner avec une sortie de la garnison.

Van Speek repartit pour Gavre; seulement, au lieu de rentrer à Gavre, il se rendit auprès du duc, lui annonçant que les Gantois le suivaient. Il allait donc, enfin, tenir ses ennemis en rase campagne, le bon duc! Comme la bataille promettait d'être sanglante, et qu'il connaissait le courage presque insensé de son fils, il résolut de l'éloigner.

Personne ne se doutait que la bataille fût proche. Il fit venir le comte, se montra très-inquiet de la santé de la duchesse et le pria d'aller jusqu'à Lille pour avoir de ses nouvelles.

Le jeune prince partit sans défiance; mais, lorsqu'en arrivant à Lille il apprit que sa mère n'avait pas même été indisposée, il se douta de la ruse.

— Oh! dit-il, sans doute il y a bataille et mon père a voulu m'éloigner; mais, puisqu'il y est, j'y veux être aussi. C'est pour garder mon héritage qu'il combat, et il serait lâche à moi de ne m'y point trouver. Je jure Dieu de prendre part à la fête, si la chose est encore possible.

Et, sans écouter les instances de sa mère, il remonta à cheval, et n'en descendit point qu'il ne fût arrivé au camp.

Il se faisait reconnaître aux gardes avancées le 22 juillet au matin, un peu avant le jour.

A huit heures du matin, au moment où la plupart des chevaliers s'amusaient à voir pendre les prisonniers, et où le duc était à déjeuner avec son fils, qu'il n'avait point le courage de gronder d'un si prompt retour, un homme entra sous la tente de Philippe et lui annonça que les Gantois étaient sortis de leur ville au nombre de quarante-cinq mille.

— Qu'ils soient les bienvenus, dit le duc; car ils seront les bien combattus. Aussitôt il fit crier l'alarme, revêtit son armure blanche, c'est-à-dire celle des grands jours, et monta à cheval avec le comte de Charolais.

Puis, comme dès la veille il avait disposé son armée, que ses batailles étaient toutes prêtes, que chacun savait, en cas de combat, où prendre son poste, il parcourut le front des trois corps, disant :

— Eh bien, mes amis, les voilà qui viennent!

Allez hardiment sur ces mauvais bourgeois, et nous serons tous riches ce soir.

Plusieurs gentilshommes demandèrent alors à être faits chevaliers par le duc, et le duc leur accorda cette faveur.

Les Gantois s'avançaient en bon ordre ; ils avaient fait trois haltes pour mieux garder leurs rangs. Quand ils furent en vue de Gavre et du camp, ils se déployèrent dans la campagne, appuyant leur droite à l'Escaut, et présentant un front composé de leurs meilleurs combattants armés de piques.

Sur les flancs de leur bataille était l'artillerie, avec une garde formidable d'hommes à pied, armés de haches, d'épées à deux tranchants et de marteaux garnis de pointes de fer. La cavalerie, commandée par le fameux Jean de Nivelles, dont le nom est devenu proverbial, formait les deux ailes.

Enfin, en seconde ligne, étaient les ouvriers, peu accoutumés aux armes, les hommes âgés, les gens de la campagne, et surtout ceux qui étaient venus du pays de Waes:

Les bagages et les chariots se tenaient en arrière.

L'avant-garde de l'armée ducale, conduite par le maréchal de Bourgogne, commença la bataille; mais elle fut rudement repoussée. Elle avait ordre de ne point se risquer.—Le sire de Beauchamp, dont on voyait l'enseigne au milieu des Gantois, reçut commandement de reculer, lui et son enseigne.

Il fit répondre :

— J'y suis, j'y reste !

Il faillit y rester, en effet, et, quoi qu'il en eût, se vit forcé de battre en retraite.

Les Gantois avançaient toujours, pas à pas, mais ils avançaient. — Cette énorme masse se mouvait comme un seul homme.

Le duc fit marcher contre eux son artillerie légère et mille archers sous les ordres de Jacques de Luxembourg.

Mais artillerie légère et archers perdaient leur peine.

Tout à coup, au milieu de ces rangs pressés et que ni artillerie, ni cavalerie, ni archers ne pouvaient rompre, éclata un chariot de poudre. Alors, Mathieu Kerkhoven, chef de l'artillerie flamande, craignant que le feu se communiquât aux autres chariots, cria :

— Prenez garde !

Ce cri, répété dans tous les rangs, fit croire que l'on était attaqué par derrière ; un immense désordre, se développant au centre, fit en quelque sorte craquer les flancs de la grande machine. La seconde bataille, formée de paysans et de vieillards, voyant ce trouble, croit la première bataille enfoncée, et se met à la débandade. Les fuyards trouvent l'Escaut devant eux et s'y précipitent ; mais, effrayés de la largeur du fleuve, se sentant enfoncer sous le poids de leurs armes, n'espérant point atteindre l'autre bord, ils reviennent à celui d'où ils sont partis.

Mais le rivage était gardé par des gens armés de masses qui assommaient ces malheureux au fur et à mesure qu'ils essayaient de reprendre pied. Il avait été ordonné par le bon duc de ne point faire de prisonniers.

Voyant le désordre qui se mettait dans les rangs des Gantois, Philippe jugea que c'était le moment de faire charger son corps d'armée et de charger lui-même.

— Notre-Dame de Bourgogne! cria-t-il.

Et, aussitôt, il s'élança avec son fils et une centaine de chevaliers, laissant haleter derrière lui les archers de sa bataille, qui ne pouvaient le suivre.

Deux mille Gantois s'étaient retranchés dans une prairie protégée de trois côtés par un détour de l'Escaut et défendue, de l'autre, par un fossé profond en deçà duquel s'élevait une haie.

L'avant-garde bourguignonne avait dépassé cette

prairie, lancée qu'elle était à la poursuite des fuyards.

Le duc, sans regarder à rien, y poussa, toujours suivi du comte de Charolais. Tous deux avaient de bons chevaux; ils sautèrent le fossé, enfoncèrent la haie, et se trouvèrent au milieu des Gantois.

Ceux-ci fondirent sur ces deux cavaliers isolés.

Mais lorsque, dans ce chevalier à l'armure blanche, ils eurent reconnu leur duc, le seigneur dont, par serment, ils avaient juré de respecter la vie et les membres; lorsque, dans le chevalier à l'armure dorée qui l'accompagnait, ils eurent reconnu son fils, ils s'arrêtèrent, tout saisis de respect et de crainte.

Ces cinq minutes d'hésitation sauvèrent le duc et son fils; pendant ces cinq minutes, quelques chevaliers les rejoignirent. Les Gantois, voyant le duc et son fils frapper en criant, l'un : « Notre-Dame de Bourgogne! » et l'autre : « Saint Georges! »

comprirent qu'eux aussi avaient une vie qui valait la peine d'être défendue. Alors, ils se ruèrent, piques baissées, sur leur seigneur, tout leur seigneur qu'il était; le duc fut entouré et son cheval blessé; le comte de Charolais, quoique blessé à la jambe, faisait merveille en défendant son père, et en criant : « A la rescousse! » Enfin, les archers picards arrivèrent, et, encore une fois, sauvèrent les chevaliers bourguignons. Les Gantois furent écrasés, mais pas un ne recula. Chacun se fit tuer là où il combattait; tous furent tués.

Les chevaliers eux-mêmes avouèrent que, parmi ces vilains et ces gens de petit état, dont on ne savait pas même le nom, tel avait assez fait pour illustrer ce nom s'il eût été connu.

Vingt mille hommes périrent dans cette terrible journée, et au nombre des morts se trouvaient deux cents prêtres et moines.

Les magistrats, les femmes et les enfants, — c'était à peu près tout ce qui était resté dans la malheureuse ville de Gand, — surent des nouvelles de la bataille par les premiers cadavres que leur apporta l'Escaut.

Puis, peu à peu, les cadavres devinrent plus nombreux.

Enfin, on aperçut les fuyards, pressés par les gens du duc ; mais, au lieu de les laisser entrer dans la ville, on leur en ferma les portes, de peur que les Bourguignons n'y entrassent avec eux.

Ce fut une scène à briser le cœur, lorsque, le lendemain, sortirent à leur tour trente ou quarante mille femmes, sœurs, mères, épouses, chacune venant reconnaître ceux qui lui avaient appartenu.

Le duc en pleura.

On le félicitait sur sa victoire.

— Hélas ! dit-il, à qui profite-t-elle ? Vous voyez ce que j'y perds, car, après tout, c'étaient mes sujets.

Il défendit que personne vînt troubler ces malheureuses femmes dans leur pieuse besogne, et voulut qu'on les laissât tranquillement enterrer leurs morts.

Il fit son entrée dans la ville sur le même cheval avec lequel il avait combattu et qui avait reçu quatre coups de pique.

A la porte, les échevins et les doyens, pieds nus et en chemise, suivis de deux mille bourgeois en robes noires, vinrent lui crier merci.

Puis ils attendirent leur grâce.

Leur grâce fut une condamnation.

La ville perdait sa juridiction ; elle devenait une simple commune comme les autres et n'avait plus de sujets.

Deux portes furent murées qui ne devaient jamais être rouvertes.

En outre, la souveraine bannière de Gand, qui portait le lion de Flandre, et toutes les bannières des métiers furent déposées aux pieds du cheval du vainqueur.

Le duc fit un signe : Toison-d'Or, héraut de Bourgogne, ramassa toutes ces bannières, les mit dans un sac et les emporta.

Ainsi furent faites les premières armes du comte de Charolais, qui promit de devenir ce qu'il fut depuis, c'est-à-dire Charles le *Téméraire*.

IV

UN AUTRE HÉRITIER QUI PROMET

Cette victoire de Gavre, que pleurait le bon duc, mettait le sceau à sa puissance : Gand était vaincu comme Bruges, vaincu dans ses murs mêmes ; le duc de Bourgogne était bien décidément comte de Flandre.

Puis ce n'était pas seulement Gand qui était vaincu : c'était la France, dont les Flandres relevaient comme juridiction ; c'était l'Empire dont elles relevaient comme hommage.

Qu'allait faire le bon duc de cette grande puissance ?

Les Grecs venaient de succomber ; Constantinople avait été pris par Mahomet, le 29 mai 1453, deux mois juste avant la bataille de Gavre. On disait que les Turcs marchaient sur Rome ; que Mahomet avait juré de faire manger l'avoine à son cheval sur l'autel de Saint-Pierre ; on rappelait que, lorsque chaque nouveau sultan allait ceindre le sabre à la caserne des janissaires, lorsqu'il avait bu dans leur coupe et qu'après l'avoir reçue pleine d'eau, il la rendait pleine d'or, il disait :

— Au revoir, à la Pomme rouge !

La Pomme rouge, c'était Rome.

Or, avec Constantinople, le principal obstacle qui barrait le chemin de Rome était renversé, et de même que, trois siècles auparavant, les croisés avaient passé par Constantinople, pour aller à Jérusalem, de même les Turcs allaient passer par Constantinople, pour venir à Rome.

Le pape Nicolas V avait grand'peur; il appelait de ses cris toute la chrétienté, le *grand duc d'Occident* surtout. — On se rappelle que c'était ainsi que l'on nommait Philippe le Bon.

De son côté, le bon duc faisait un rêve d'or. Pourquoi, élu du seigneur, ne repousserait-il pas les Turcs ? pourquoi ne chasserait-il pas Mahomet de Constantinople? pourquoi, comme Baudouin de Flandre, ne serait-il pas empereur d'Orient ?

Le pape était tout prêt à le sacrer, pourvu qu'on le débarrassât des Turcs.

Et, en effet, à qui s'adresser, sinon au duc de Bourgogne ?

A Frédéric III, empereur d'Allemagne ? Plaisant empereur ! qu'on appelait le Pacifique, pour ne point l'appeler le Fainéant; qui retournait, par économie, ses vieux habits; qui fondait l'ordre mélancolique de la Sobriété, dont personne ne voulait, tandis que Philippe le Bon fondait la Toison d'Or, que se disputait tout ce qu'il y avait de nobles gentilshommes en Europe; — Frédéric III, enfin, qui refusait à Mathias Corvin, roi de Hongrie, des secours pour repousser les Turcs, et qui, lorsque son hardi voisin les avait repoussés tout seul, se laissait enlever par lui Vienne et toute la basse Autriche.

A Charles VII, roi de France? Plaisant roi! qu'on appelait *Charles de Gonesse* et le *roi de Bourges;* qui s'était vu, un jour, forcé de rendre le soulier déjà chaussé que lui apportait son cordonnier, parce qu'il n'y avait pas assez d'argent dans la caisse royale pour payer une paire de souliers; qui montait d'habitude, au lieu de ce beau cheval blessé de quatre coups de pique, sur lequel le bon duc faisait son entrée dans la ville de Gand, un pauvre cheval bas trottier que le bruit du canon eût mis les quatre fers en l'air; Charles VII, enfin, qui jurait par saint Jean, tandis que le comte de Charolais, qui n'était encore qu'un enfant, jurait par saint Georges.

Il fut donc à peu près décidé qu'une nouvelle croisade aurait lieu pour reprendre Constantinople sur les Turcs, et que Philippe le Bon serait le chef de cette croisade.

Le rendez-vous était à la cour de Bourgogne.

Un beau jour, on y vit arriver, pour prendre rang parmi les croisés, le dauphin de France en personne, le futur Louis XI.

Comment l'enthousiasme avait-il gagné cet esprit inquiet et tourmenté, ce cœur sec et froid ?

Il était tout simplement chassé du royaume par son père.

Jetons un coup d'œil sur la France, blessée, elle aussi, de trois blessures qui avaient grand'peine à se cicatriser : blessée de Crécy, de Poitiers et d'Azincourt.

Eh bien, toute blessée qu'elle était, la France, par le double miracle qu'avait fait Dieu en lui envoyant une vierge et une courtisane, Jeanne d'Arc et Agnès Sorel, la France était parvenue, l'année même de la naissance du comte de Charolais, à chasser l'Anglais de chez elle.

Mais dans quelle effroyable misère les soldats d'Édouard III avaient-ils laissé la France !

Les provinces du Nord étaient un désert ; au centre, il n'y avait plus que landes : les moissons avaient disparu avec les laboureurs. La Beauce s'était couverte de broussailles, et, peu à peu, ces broussailles étaient devenues de véritables forêts ; deux armées s'y étaient cherchées et trouvées à grand'peine. Les villages se réfugiaient dans les villes ; les villes mouraient de faim. Les cadavres donnaient la peste ; les morts empoisonnaient les vivants. Les pauvres gens qui n'avaient point de quoi acheter du bois prenaient, pour faire du feu, les volets et les portes des riches demeures où la contagion avait passé. Les villes se brûlaient après s'être tuées elles-mêmes. A Paris, c'était peut-être pis encore : la plupart des maisons étant abandonnées, les gens du roi s'informaient curieusement des morts, des légataires, des héritiers, afin d'en tirer quelque chose ; ils allaient par les rues, disant :

— Pourquoi cette maison est-elle fermée ?

— Ah ! messires, répondaient les voisins, les gens en sont trépassés !

— Et n'ont-ils point d'héritiers qui y demeurent ?

— Non ; les héritiers se sont enfuis et demeurent ailleurs.

— Où cela ?

— Nous n'en savons rien !

Une ordonnance du 31 janvier 1432 défendit d'abattre et de brûler les maisons désertes.

Les Anglais avaient l'air de quitter Paris parce qu'ils n'en voulaient plus !

Derrière les Anglais, Charles VII y vint, l'entrevit et se sauva. Il n'en voulait pas encore.

Les loups seuls en voulaient; ils y entraient la nuit, cherchant des charognes humaines, et, quand ils n'en trouvaient point, enragés de faim, les troupeaux leur manquant aux champs, ils se jetaient sur les enfants et sur les hommes.

« Ils étranglèrent, dit le *Bourgeois de Paris*, journal du temps (la France a toujours eu des journaux), ils étranglèrent, par le plat pays, plus de soixante à quatre-vingts personnes; ils en dévorèrent quatorze entre Montmartre et la porte Saint-Antoine, et vinrent, de plus, manger un enfant sur la place aux Chats, derrière les Innocents. »

Déjà, à l'époque de la prise de Rouen, et tandis que Henri V était dans cette ville, on était venu dire au roi d'Angleterre que les loups désolaient la basse Normandie, et il n'y avait point trouvé d'autre remède que de nommer un louvetier.

Et cependant, avec tout cela, la France entrait en convalescence, et, tout au contraire, l'Angleterre tombait malade.

Sans doute, dans nos guerres civiles, avaient-ils été mordus par Bourguignons ou Armagnacs; car eux aussi rentrèrent chez eux enragés de guerre civile.

Il en résulta cette épilepsie politique que l'on appela la guerre des deux *Roses*.

Quels furent les médecins de la France?

Ce ne furent, il faut le dire, ni le roi, ni les gentilshommes, ni les prêtres: ce fut ce que l'on appelait les *petits gens*.

Qu'était Jeanne d'Arc? Une pauvre paysanne de Vaucouleurs.

Qu'était Agnès? La fille de Jean Soreau, pauvre homme de robe de la Touraine; ennoblie, elle s'appela Agnès la Sorelle ou la Surelle, et prit pour armes un sureau d'or.

Après ces deux femmes bénies, viennent Jacques Cœur et Jean Bureau.

Qu'était Jacques Cœur? Un riche marchand, moitié Français, moitié Turc, à coup sûr quelque peu païen; ayant fait fortune à Beyrouth, en Syrie, il eut confiance dans cette France conquise par les Anglais, ruinée par les princes, mangée par les loups: il se fit argentier d'un roi mourant de faim et marchant en pantoufles faute de souliers; puis, comme ce roi le fit noble, il prit trois cœurs pour blason, et les entoura de cette héroïque devise: *A vaillants cœurs rien d'impossible.*

Qu'était Jean Bureau? Un homme de robe, un maître des comptes; il s'était occupé d'artillerie; quand? comment? pourquoi? Je n'en sais rien; mais voilà ce qu'il avait remarqué de son cabinet, cet homme de plume:

Il avait remarqué qu'à Crécy, à Poitiers et à Azincourt, c'étaient les archers qui avaient gagné la bataille, et cela, parce que les chevaliers, avec leurs lances, leurs épées, leurs haches d'armes et leurs masses, étaient obligés de frapper de près, tandis que les archers, avec leurs flèches, frappaient de loin.

Nous venons de voir de quel secours avaient été au bon duc, dans sa guerre avec les Gantois, les archers de Picardie.

Jean Bureau se dit donc que, si les archers détruisaient des armées en lançant une flèche qui ne pouvait tuer ou blesser un homme qu'à cent pas, il ferait, lui, un bien autre dégât avec des boulets, ou des biscaïens, qui, à cinq cents pas, à mille pas même, tueraient ou blesseraient cinq ou six hommes d'un coup. En fait de siége, c'était mieux encore: les flèches des archers s'émoussaient contre les murailles; les boulets de canon les renversaient.

Le digne homme alla faire part de cette réflexion

au roi Charles VII, qui le nomma grand maître de son artillerie et le fit noble.

Jean Bureau prit pour armes trois burettes, comme Jacques Cœur avait pris trois cœurs. Seulement, il ne prit pas de devise; mais le peuple lui en fit une: *Bure vaut escarlate.*

La France donc commençait à respirer.

Mais la noblesse criait fort.

Contre Jeanne d'Arc, une sorcière!

Contre Agnès, une courtisane!

Contre Jacques Cœur, un marchand en pays sarrasin!

Contre Jean Bureau, une écritoire!

Dunois en quitta de rage le conseil du roi.

Tous ces petits, qui sauvaient la France, étaient fort détestés des grands, qui pillaient la France. Aussi les grands résolurent-ils de ne point se laisser mettre ainsi à l'écart, sans essayer de reprendre leurs anciens droits.

Ils firent une ligue contre le roi.

Le duc d'Alençon s'y jeta de plein cœur et tête baissée; les Bourbon, les Vendôme, la Trémoille, Chabannes, le Sanglier, le bâtard de Bourbon, cet ancien chef des écorcheurs, qui, malgré son nom royal, devait être pendu comme un vilain, l'y suivirent aveuglément.

Seulement, il fallait un chef à la ligue.

Le duc d'Orléans était encore en Angleterre; le duc de Bourgogne négociait sa rançon, ce qui traînait en longueur; car il s'agissait, comme nous l'avons dit, d'une somme équivalant à trois millions de nos jours, et trois millions, c'était beaucoup, on en conviendra, même pour racheter le fils d'un homme que le père de Philippe avait fait assassiner; en supposant que ce fils eût de la rancune, c'étaient trois millions perdus!

Pourquoi pas alors à la tête des ligueurs le dauphin de France?

En effet, le dauphin, c'était bien ce qu'il fallait : le fils contre le père, cela s'était vu plus d'une fois dans les maisons royales ?

Le dauphin n'était autre que le futur Louis XI.

Nous avons dit ce que c'était que le futur Charles le Téméraire ; disons ce que c'était que le futur Louis XI. — Le dauphin Louis XI était un singulier mélange d'esprit, de subtilité, de ruse, d'audace, de poltronnerie, de raison, d'impatience, de sournoiserie et de cruauté. Au lieu de l'appeler *Votre Altesse*, on eût pu l'appeler *Votre Inquiétude*, comme Cinq-Mars appelait de Thou.

« Il ne faisoit que subtiliser nuit et jour diverses pensées, disait Châtelain, avisant soudainement maintes estrangetés. »

Mais le trait dominant de son caractère, c'était l'impatience ; il lui tardait d'être quelque chose, non pas pour être, mais pour agir. En même temps qu'il n'y avait dans ce cœur ni amitié, ni parenté, ni foi, ni frein, il y avait dans ce cerveau un esprit à faire trembler, des ressources inouïes surtout dans les moyens inférieurs, un instinct de nouveauté invincible, le désir de remuer toujours, une terrible ardeur d'aller, où? peu lui importait; et, pourvu qu'il allât, comme la fille impie de Servius Tullius, il eût fait passer son char sur le corps de son père!

Il n'avait rien de ce père, que l'amour des petites gens. Ne sachant que faire de cet enfant terrible, Charles VII l'avait envoyé pacifier les marches du Poitou et de la Bretagne, où les seigneurs étaient en révolte contre l'autorité royale.

Tout alla bien d'abord.

Le premier rebelle sur qui le jeune prince mit la main était un lieutenant du maréchal de Retz; vous savez, ce terrible Gilles de Laval, maréchal de Retz, sur lequel, à son tour, le roi mit la main, qui fut brûlé ou plutôt étranglé, — car le roi permit qu'on enlevât son corps d'entre les flammes, — et dans la cour duquel on trouva les ossements calcinés de quarante enfants! — Eh bien, c'était à ce Gilles de Laval, la terreur de la Bretagne, que Louis s'était d'abord adressé.

Ce n'était point rassurant pour les seigneurs; aussi négocièrent-ils, afin de gagner à leur cause celui-là même qui avait été envoyé contre eux.

Le dauphin accepta leurs offres sans trop se faire prier.

Dès lors éclata cette fameuse révolte connue dans l'histoire sous le nom de *praguerie*.

Le roi Charles VII, après ses pâques faites à Poitiers, était à table et dînait. Entre un courrier tout botté, tout éperonné, couvert de poussière, qui lui apprend que Saint-Maixent vient d'être pris.

— Par qui? demande le roi; il n'y a plus d'Anglais.

— Par le duc d'Alençon et le sire de la Roche.

Le roi appelle Richemont; Richemont appelle ses hommes; on se met en route avec quatre cents lances; on arrive au galop devant Saint-Maixent, et l'on trouve les bourgeois se battant depuis vingt-quatre heures pour garder leur ville au roi.

La victoire ne fut pas même disputée. On renvoya le duc d'Alençon et ses gens. — Le duc d'Alençon était prince du sang : on ne voulait pas tout à fait se brouiller avec lui. — On pendit, on noya, on décapita les gens du sire de la Roche : lui eut le bonheur de s'enfuir.

Dunois lui-même en était; mais Dunois était un homme de sens : il avait vu les bourgeois et les pauvres gens défendre Saint-Maixent contre les seigneurs; il comprit que les bourgeois et les pauvres gens étaient pour le roi, qui voulait la sûreté des routes, par conséquent l'approvisionnement des villes, par conséquent les vivres à bon marché.

Il accourut donc des premiers faire sa soumission.

Il trouva le roi avec quatre mille huit cents cavaliers et deux mille archers à sa solde. — C'était la première armée payée, le noyau de toutes les armées modernes.

Le roi savait la valeur de Dunois; il le reçut comme si rien ne s'était passé.

Le duc d'Alençon vint après Dunois, puis le duc de Bourbon, puis le dauphin. — Quant à la Trémouille et au Sanglier, le roi n'en voulut point entendre parler.

Mais comment le dauphin accepterait-il une grâce qui le couvrait, lui, et ne couvrait pas certains de ses compagnons?

— Monseigneur, dit-il à son père, j'ai promis grâce à tous; il faut donc que je m'en retourne si vous faites des exceptions; ce à quoi le roi, qui connaissait déjà son digne fils, répondit :

— Louis, les portes vous sont ouvertes pour partir, et, si elles ne sont point assez grandes à votre avis, je vous ferai abattre seize ou vingt toises de mur.

Cette guerre eut deux bons résultats.

Le duc de Bourbon avait, au centre de la France, Corbeil et Vincennes : on les lui ôta; puis on poussa le dauphin vers la frontière, dans son apanage le Dauphiné. C'était une avance d'hoirie, une petite royauté.

La réponse du roi et le parti pris par lui à l'endroit de son fils n'avait rien d'étonnant pour qui connaissait le jeune Louis. — Le bonhomme Charles VII aimait les femmes; Louis les aimait peu, et, tout particulièrement, détestait la maîtresse de son père. La tradition veut qu'un jour il ait donné un soufflet à Agnès Sorel; ce n'était là qu'une brutalité indigne d'un prince et d'un chevalier, une peccadille de la part du dauphin, qui était peu prince et pas du tout chevalier; mais une autre tradition l'accuse d'un fait plus grave. Quand Agnès mourut, à la suite de ses couches, beaucoup disent que c'était, non point d'une suite de couches, mais bien du poison qu'elle était morte.

Au reste, si jeune que fût monseigneur le dauphin, c'était un grand malheur de lui déplaire; car quiconque lui déplaisait, ne vivait pas longtemps; il avait ce point de ressemblance avec le duc de Glocester, dont Shakespeare s'est fait l'historien : la haine empoisonnait son souffle; quand il haïssait les gens, il soufflait dessus, et les gens mouraient.

Il détestait Marguerite d'Écosse, sa première femme,—et elle vécut peu, la belle et spirituelle princesse, qui serait peut-être complétement oubliée, si elle n'eût eu, un jour, l'idée de baiser sur la bouche un poëte endormi, Alain Chartier.

Louis, au moment de partir, avait eu besoin d'argent; il s'était adressé à Jacques Cœur. Jacques Cœur était un négociant en monnaie : sans doute jugea-t-il que, prêtant de l'argent au père, il en pouvait aussi bien prêter au fils; d'ailleurs, Jacques Cœur avait le regard assez perçant pour voir d'avance tout ce qu'il y avait de bénédictions pour la

France, quand ce mauvais fils serait devenu roi...

Jacques Cœur prêta donc de l'argent au dauphin; notre grand historien Michelet croit que ce fut la cause de sa disgrâce; Dieu nous garde d'être d'un autre avis que Michelet.

Le dauphin en Dauphiné, et ayant de l'argent, recommença naturellement à intriguer; il correspondit avec d'Alençon, qui venait d'être gracié; il correspondit avec le roi de Castille; il correspondit avec le duc de Bourgogne; il correspondit avec le pape, dont il était vassal par son duché de Valentinois.

Puis, comme l'argent de Jacques Cœur finit par s'épuiser, que Louis avait besoin de se créer de nouvelles ressources, et que ses domaines lui en fournissaient peu, il lui vint une idée : c'était de vendre la noblesse.—Le pape vendait bien des indulgences! Tous les jours, le dauphin ennoblissait des marchands, des laboureurs—qui s'en retournaient peser leur poivre ou labourer leurs terrres avec leur brevet de noblesse dans leur poche.

D'aucuns, disait-on, n'avaient rien payé pour cela; seulement, ils avaient servi, et Louis les récompensait comme bons serviteurs. Ceux-là, par exemple, avaient accompagné leur maître la nuit, et, sans lui demander où il allait, ils avaient écarté une haie, ils avaient maintenu une échelle contre un balcon.

Cette haie, c'était celle du parc; ce balcon, c'était celui du château de Sassenage.

Qu'allait faire le dauphin Louis au château de Sassenage? C'était un secret entre la dame du lieu et lui; charmant secret que la descendante de la fée Mélusine eût pu confier à tout autre que son mari.

La noblesse n'aurait trop rien dit que le futur roi de France allât prendre de l'argent un peu bas, chez ceux qui en avaient; quant à tous ces nouveaux gentilshommes que lui adjoignait le spéculateur en amour-propre, elle appelait cette noblesse *la no-*

blesse du dauphin, et cette petite vengeance la consolait.

Mais Louis avait inquiété l'Église; il avait empiété sur les droits des évêques du Dauphiné : il y eut clameur contre lui et son affidé le duc d'Alençon.

Le duc d'Alençon! le roi, pour cette fois, était bien décidé à lui faire son procès. Dunois, son complice dans la première conjuration, se chargea de l'arrêter dans la seconde.

Le 27 mai 1456, il mit la main sur lui, et ne le lâcha point. Quand Dunois tenait, il tenait bien. L'ancien écorcheur Chabannes s'était chargé de prendre le dauphin; il ne lui pardonnait pas de l'avoir sacrifié en rentrant en grâce.

Le dauphin comptait sur son oncle le duc de Bourgogne,—et sur son beau-père le duc de Savoie.

Il savait que son père marchait vers Lyon à son intention; il essaya de résister, il ordonna une levée générale de dix-huit à soixante ans. Personne n'obéit.

Il ne lui restait qu'à fuir.

Et encore, fuir n'était pas chose facile : Chabannes lui avait dressé une embuscade ; il s'était engagé à rendre au roi le Dauphiné et le dauphin dedans, — la cage avec l'oiseau.

Mais Louis était un renard capable de dépister même un ancien capitaine d'écorcheurs. Il prétexta une chasse, envoya les chasseurs d'un côté et passa de l'autre.

Tandis que Chabannes chassait les chasseurs, lui se dérobait, traversait au galop le Bugey, le Valromey, et, au bout d'une course de trente lieues à franc étrier, il se trouvait en Franche-Comté.

Enfin, arrivé là, il respira ; la Franche-Comté était terre du duc de Bourgogne.

Charles VII apprit l'arrivée de son fils à la cour du bon duc ; il s'informa comment le bon duc l'avait accueilli.

— Très-bien, lui répondit-on.

— Bon ! fit Charles VII, le duc sera puni par où il a péché, et il a reçu chez lui un renard qui mangera ses poules !

Vrai renard, en effet.

Il avait écrit à son père — tout en ordonnant à ses gens de tenir contre lui s'ils pouvaient — qu'étant gonfalonier de la sainte Église romaine, il n'avait pu se dispenser d'obtempérer à la requête du pape, et de se joindre à son bel oncle de Bourgogne, qui allait se croiser contre les Turcs pour la défense de la foi catholique.

Le bon apôtre avait prévu le cas où le duc de Bourgogne ferait mine de se rendre à son père : il se mettait sous la sauvegarde du pape.

Mais non, il n'y avait rien à craindre : le bon duc et sa femme le reçurent et le traitèrent comme ils eussent reçu et traité le roi ; lui, au contraire, se faisait d'autant plus petit qu'on voulait le faire plus grand. Ce qu'il convoitait, ce n'était point de conduire cette belle armée du duc à Constantinople ou à Jérusalem, pour délivrer les lieux saints ou faire son oncle empereur d'Orient : c'était de la conduire à Paris pour mettre son père en tutelle et se faire proclamer roi de France.

Être roi de France, c'était porter un si beau titre, qu'il lui en coûtait fort d'attendre.

Mais ce n'était point l'affaire du duc.

Celui-ci, dont l'œil attentif était aussi tourné vers la France, avait reconnu jusqu'à quel point elle était forte. — Le roi venait de réhabiliter la Pucelle (7 juillet 1456); c'était la condamnation juridique de ceux qui l'avaient brûlée, et, par contre-coup, de celui qui l'avait livrée.

Puis, en tâtant bien son pouvoir, Philippe ne se trouvait pas aussi bien portant qu'il en avait l'air: il souffrait encore du côté de la Flandre, et avait déjà mal à la Hollande.

En outre, une nouvelle l'inquiétait : on disait

que la fille du roi Charles VII allait épouser Ladislas, roi de Bohême et de Hongrie. Or, Ladislas était issu de la maison de Luxembourg, et le roi de France pouvait avoir certaines prétentions sur le Luxembourg, héritage de son gendre. La mort se chargea de régler le procès; mais qui pouvait se douter que Ladislas mourrait à dix-neuf ans?

Avec toute sa force, le bon duc sentait donc en lui un malaise réel dont il ne se rendait pas compte, dont nul, à cette époque, n'eût donné l'explication, et que peut seul découvrir l'œil d'un historien moderne.

Nous avons dit les efforts des rois, au XIVe siècle, pour reconstruire la féodalité. Eh bien, ils avaient, si nous pouvons nous servir des mots modernes, ils avaient reconstruit une féodalité politique et non sociale.

La féodalité primitive était la féodalité naturelle; la puissance du seigneur sur la terre où il était né, où son père et son grand-père étaient nés, où sa famille était enracinée.

Au XIVe et au XVe siècle, au contraire, les apanages, les mariages, les héritages avaient tout bouleversé. Philippe le Hardi, un Français, était duc de Bourgogne, ce qui était bien, la Bourgogne étant terre française; mais un Français comte de Flandre! duc de Luxembourg! palatin de Hollande!

Ainsi, dans les États du duc de Bourgogne on parlait flamand, wallon, hollandais, allemand, français; cinq langues et vingt dialectes peut-être, une Babel! tout cela se détestant, se jalousant, se haïssant.

Chose étrange! Terres uniformes : Liége et Luxembourg, Hollande et Flandre, — caractères opposés.

Puis la France, déjà influente à cette époque, agissant sur tous ces peuples, par la Meuse qui parle français, par Liége qui parle français, par les la Marck, Allemands de naissance, Français d'intérêt et de cœur.

Le duc de Bourgogne lui-même — sous la domination d'une famille picarde, les Croy, — recevant chez lui, se mettant au cœur, s'inoculant la France dans ce qu'elle avait de plus dangereux, de plus inquiet, de plus dissolvant; dans le démon de la politique moderne, dans Louis XI.

Ah! lui, l'humble, le doux, le sournois dauphin, tout en mangeant les miettes de la table ducale, il vit bien ce qu'il y avait de faible dans le brillant échafaudage au haut duquel trônait le bon duc.

Il était à Genappe, une petite ville sur la route de Paris à Bruxelles; il y tenait fort modeste état, pas de cour, vivant d'une pension du bon duc, de la dot de sa femme, d'aumônes que l'humble seigneur demandait à droite et à gauche en faisant patte de velours.

De quoi s'occupait-il à Genappe? De rien en apparence. Liseur acharné, il avait fait venir sa bibliothèque et lisait du matin au soir. — Il sait l'invention de l'imprimerie, il en suit les progrès, et, à son avénement au trône, il appellera des imprimeurs de Strasbourg à Paris.

Puis, tout en lisant, il s'ingénie à désespérer son père ; plus dangereux de loin que de près, il lui impose, par des moyens diaboliques, par des moyens à la Franz Moor (voyez les *Brigands* de Schiller), il lui inspire la crainte de tout ce qui l'entoure ; les hallucinations passagères du vieux roi deviennent bientôt une terreur continuelle ; tout ce qu'il mange, tout ce qu'il boit lui semble avoir un goût étrange, le goût de poison ! et, de peur de mourir empoisonné, il se laisse mourir de soif et de faim.

Au moment où Charles VII mourait, le comte de Charolais, pratiqué par son hôte royal, à peu près brouillé avec son père, faisait demander à Charles VII s'il pouvait le recevoir en France.

Cela va être bien mieux : Louis XI est roi.

Jamais, au reste, la mort d'un père n'avait été accueillie avec une joie pareille à celle que manifestait le dauphin ; lui qui parfois cachait ses bons sentiments, ne faisait aucun effort pour dissimuler sa satisfaction sur cet événement, qui lui inspirait les réflexions les plus philosophiques.

— Ah ! disait-il à tout venant, qu'est-ce que ce monde, et quelle diversité d'aventures Dieu envoie à chacun ! Ainsi, moi, le plus pauvre fils de roi qui fut jamais ; moi qui, depuis mon enfance, n'ai connu que souffrances, tribulations et pauvreté, angoisses et misères, expulsion de mon héritage et de l'amour de mon père ; moi qui ai vécu d'emprunts et de mendicité, ainsi que ma femme, sans un pied à terre, sans un toit où reposer ma tête, sans un denier vaillant, nourri par la charité de mon oncle, voilà qu'aujourd'hui Dieu m'envoie soudainement un bonheur immense ! me voilà le plus riche et le plus puissant roi de la chrétienté, plus puissant que le roi mon père ; car j'ai pour moi mon oncle, dont jamais il n'a pu, lui, gagner l'amitié!

Et, en effet, il était si content de cette bonne fortune, et si pressé d'en jouir, que, le message reçu, il partit aussitôt sans prendre le temps de dire adieu à ce cher oncle dont il mettait si haut l'amitié, ni à son cousin dont il avait manqué faire un rebelle. Il partit ne laissant à la reine ni un chariot ni un cheval pour se mettre en route, lui criant d'emprunter les équipages de sa cousine, la comtesse de Charolais!

V

LE ROI EST MORT : VIVE LE ROI!

Le roi Charles VII était mort le 22 juillet 1461. Le duc de Bourgogne manda à tous les nobles de ses États, de se trouver en armes avec leurs gens, le 1er août, à Saint-Quentin.

Il ne savait pas encore comment on recevrait en France le nouveau roi.

Louis ne le savait pas non plus ; aussi s'était-il arrêté à Avesne. Le sire de Brezé, sénéchal de Normandie, un des principaux conseillers du feu roi, accourut au-devant de son nouveau maître ; cependant, par prudence, lui-même s'arrêta à Bavay, et envoya prendre les ordres de Louis XI par le sire d'Aisy.

Ces ordres furent courts et précis.

— Dites au sire de Brezé, répondit le roi au messager, de se tenir pour prisonnier où il est et d'y attendre ma volonté.

C'était peu encourageant pour les autres !

Louis avait même bonne envie de faire arrêter le sénéchal ; mais il n'osa, celui-ci étant sur les terres du bon duc.

Enfin, assuré qu'il ne trouverait point d'opposition en France, il se hâta de faire dire une messe de *Requiem*, à laquelle il assista avec son oncle, qui l'avait rejoint; puis, aussitôt la messe entendue, il donna l'ordre qu'on se tînt prêt à partir pour Reims, où il s'en allait tout droit se faire sacrer.

En France, on pleurait beaucoup le feu roi, mais le peuple seul le pleurait réellement; quant à la noblesse, elle se pleurait elle-même : les funérailles du roi, c'étaient les siennes; aussi Tanneguy du Châtel, neveu du fameux Tanneguy qui avait donné le coup de hache de Montereau, y mit trente mille écus de son argent, ne les trouvant pas assez royales. Ils comprenaient bien, tous ces gentilshommes, qu'avec le nouveau souverain, dont on connaissait les goûts roturiers, ils n'avaient rien de bon à attendre.

Après ces mots criés à voix haute sous les voûtes de la basilique de Saint-Denis : « Le roi est mort; vive le roi! » Dunois ajouta tout bas cette parole :

— Que chacun songe à se pourvoir!

Brezé y avait déjà songé; on a vu comment la chose lui avait réussi.

Le duc de Bourbon vint après lui; c'était l'ancien complice du dauphin, un des plus puissants princes du royaume : il était gouverneur de Guyenne, duc d'Auvergne, comte de Forez, seigneur de Dombes, de Beaujolais, etc.; de sorte qu'il pouvait aller de Bordeaux en Savoie sans marcher sur autres terres que les siennes. Autrefois, le dauphin lui avait promis l'épée de connétable; il croyait la trouver à Avesnes; lorsqu'il y arriva, c'était, au contraire, son gouvernement de Guyenne qu'il avait perdu.

Le roi n'était pas fâché de veiller lui-même sur ce pied-à-terre des Anglais.

Par un motif analogue, il enleva le gouvernement

de la Normandie au bâtard d'Orléans et celui du Poitou à Dammartin.

Le royal douanier ne voulait point qu'il se fit de contrebande politique sur la côte.

Au reste, Louis XI avait grand besoin d'y voir clair du côté de l'Angleterre. La *rose blanche* venait de vaincre la *rose rouge;* York l'emportait sur Lancastre. Le moyen de populariser un nouveau roi en Angleterre, c'était d'opérer une descente en France : le jeune Édouard et le faiseur de roi Warwick pouvaient employer ce moyen; le bon duc était de longue main ami des Anglais, et d'hier seulement ami du roi de France; tout ce que l'on pouvait espérer de lui, c'est qu'il resterait neutre. La première chose, en effet, que firent les Anglais en apprenant la mort du roi Charles VII, ce fut d'envoyer un message au duc de Bourgogne ; mais Louis XI, averti, expédia un des siens, Jean de Reilhac, qui mit la main sur le messager et s'empara de ses lettres.

Ce fut un premier avis donné au bon duc qu'il allait avoir dans son neveu un homme qui veillerait de près sur ses affaires.

Il en reçut un second, lorsque le nouveau roi, voyant les grands préparatifs que faisait son parent pour le mener sacrer à Reims, dit à monsieur de Croy :

— Mais pourquoi donc mon bel oncle veut-il amener tant de gens ? Ne suis-je pas roi, et les routes ne sont-elles pas plus sûres que du temps où la pauvre Pucelle faisait pour mon père ce que le duc fait aujourd'hui pour moi ?

Et, en effet, rien ne barrait la route, que les vieux courtisans et les nouveaux flatteurs. Chaque ville, chaque bourg, chaque village avait sa députation et son harangueur ; mais, moins facile que ne le fut depuis Henri IV, qui disait que c'étaient les harangueurs qui avaient fait ses cheveux gris, Louis XI, quand il voyait de loin une ambassade, lui envoyait l'ordre de ne pas approcher, ou, s'il était pris à l'improviste, disait au harangueur de ce ton qui n'appartenait qu'à lui :

— Soyez bref !

Souvent même il tournait le dos au discours et au discoureur. On n'avait jamais vu de manières si peu royales.

Il y avait pourtant certains orateurs que le roi écoutait d'un bout à l'autre ; pourquoi ? On n'en savait rien. Un de ceux-là fut un évêque de Lisieux, nommé Thomas Basin, fort envenimé contre Louis XI, et qui écrivit la chronique d'Amelgard ; il fit au nouveau roi un long sermon sur la nécessité de diminuer les taxes, et non-seulement le roi l'écouta avec patience, mais encore il le pria très-instamment de lui coucher son beau discours sur le papier, afin qu'il pût le méditer à loisir. Le résultat de la méditation fut que l'évêque économiste dut se démettre de son évêché.

Tout en écoutant les harangues et tout en tournant le dos aux harangueurs, on arriva à Reims. Là, qui n'eût point connu le roi de France eût juré que c'était le bon duc ou son fils le comte de Charolais qu'on allait sacrer. Tous étaient splendides, montés sur de grands chevaux tout habillés de velours, et dominant la foule. Humble, pauvre et chétif, moins bien vêtu que les chevaux du duc, le roi marchait devant, c'est vrai, mais comme un valet précédant son maître. Dans le cortége, tous seigneurs bourguignons : le comte de Nevers, le comte d'Étampes, le seigneur de Ravenstein ; de Français, point ou presque pas. Derrière les seigneurs bourguignons venaient les chevaux et les mules portant les bagages, habillés de velours aux armes du duc avec sonnettes d'argent au cou ; deux cent quarante chariots magnifiques, aux bannières ducales, voiturant la vaisselle d'or, l'argenterie, l'argent et jusqu'au vin de Beaune qui devait se boire à la fête, lequel était suivi des bœufs de Flandre et des moutons des Ardennes qui devaient y être mangés.

On eût dit que le bon duc, en se mettant en route pour la France, avait cru traverser un désert et avait fait ses provisions en conséquence.

Il en résultait que toute cette pompe ressemblait plus à une foire qu'à un sacre.

Quant au roi, il ne s'occupait en rien de tout ce côté matériel de la fête; le ciel seul semblait l'occuper : il n'en détournait point les yeux et n'interrompait pas ses signes de croix; il priait le jour, il priait la nuit, il priait aux églises, et, dans ses haltes, il priait devant son chapeau posé sur une table. Son chapeau, dès cette époque, commençait à être une espèce de châsse supportant les trois ou quatre Notre-Dame auxquelles il avait dévotion.

La veille du sacre, il était à minuit dans l'église, communiant, priant, écoutant matines, attendant la sainte ampoule, que l'on apportait de Saint-Rémy

Dès qu'il apprit qu'elle arrivait, il courut à la porte, la reçut à genoux, les mains jointes, adorant l'huile, adorant la fiole, adorant tout!

Parmi les rites du sacre, il y en avait un qui consistait à mettre le roi tout nu, dans le costume d'Adam avant le péché, et à le présenter ainsi à l'autel; ce rite était, on comprend pourquoi, tombé en désuétude.

Louis XI le rétablit dans toute sa rigueur; c'était une grande humilité de sa part; car, déjà fort laid habillé, il ne gagnait point à être vu dépouillé de ses vêtements.

Les pairs prélats et les pairs princes le déshabillèrent entre deux rideaux, et, tout à coup, l'on vit sortir des draperies une maigre figure couleur de chair, qui alla se ruer à genoux devant l'autel et s'y faire oindre par l'archevêque, au front, aux yeux, à la bouche, aux plis des bras, aux reins et au nombril.

Et encore Louis craignait-il que la cérémonie ne fût point complète.

— Suis-je bien oint partout? demandait-il.

On eut toutes les peines à le rassurer.

Alors, il se laissa revêtir ; les pairs le rhabillèrent depuis la chemise jusqu'au manteau, et l'assirent sur son trône, qui était élevé de vingt-sept pieds.

Puis le premier pair, le duc de Bourgogne, qui se tenait près de lui, prit la couronne, la leva au-dessus de la tête du roi, la lui posa bien d'aplomb sur la tête, et en même temps cria :

— Vive le roi! Montjoie! Saint-Denis!

Après quoi, il le mena à l'offrande, lui indiquant les moments où il devait déposer sa couronne, la remettre sur sa tête, monter à l'autel, descendre de l'autel; puis, la cérémonie terminée, Louis s'agenouilla devant le duc; — voulant faire des chevaliers, il fallait d'abord qu'il fût chevalier lui-même. Le duc lui donna du plat de son épée sur le dos, et le roi put à son tour en donner aux autres.

Le repas qui suivit était somptueux. Le roi y assistait sur son trône; seulement, là, il avait veillé à ce que son trône ne fût point élevé de vingt-sept pieds, mais bien à portée de son assiette; et même, comme sa couronne le gênait, lui tombant sur les oreilles, il la prit sans cérémonie, la posa sur la table, et, moins gêné dans ses mouvements, se mit à causer... avec les princes? Non pas; mais avec Philippe Pot, qui, n'étant point grand seigneur, ne pouvait s'asseoir à table, et se tenait debout derrière le fauteuil du roi.

La cérémonie se termina par de grands cadeaux que fit le duc au roi, puis par l'hommage que rendit le vassal au suzerain. Le duc y alla largement, au reste : il fit hommage non-seulement pour ses terres de France, mais encore pour ses possessions de l'Empire : Brabant, Luxembeurg, Hainaut, Zélande, Namur, etc., etc.

Il était évident qu'à cette heure le duc de Bourgogne se croyait le véritable roi de France, et qu'il lui semblait se rendre hommage à lui-même.

Il put le croire encore à Paris, car il eut tous les honneurs de l'entrée, qu'il dirigea et commanda complétement.

Le duc de Bourgogne avait, comme nous l'avons dit, son hôtel à Paris; il l'avait fait préparer d'avance et ce n'était point précaution inutile, Philippe n'étant point venu à Paris depuis vingt-six ans.

Il y arriva le 20 août, laissant Louis XI à Saint-Denis, où devait être célébré un service en mémoire du feu roi. Le retardataire arriva le lendemain, et fit halte dans un hôtel que Jean Bureau avait aux Porcherons.

Le duc alla au-devant de lui avec deux cent quarante gentilshommes.

Les magistrats et les corps de la ville attendaient le roi à la porte Saint-Denis avec Cœur-Loyal, le héraut de la ville de Paris. Les magistrats lui présentèrent les clefs, et Cœur-Loyal cinq dames, richement vêtues et montées sur de beaux chevaux qui représentaient les cinq lettres de la ville de Paris.

Le roi rentrait suivi de douze mille cavaliers. On avait, pour cette entrée solennelle, obtenu de lui qu'il fit une espèce de toilette; il était vêtu d'un pourpoint cramoisi, d'une robe blanche de satin et d'un chaperon découpé; son cheval était blanc, en signe de souveraineté. Les échevins soutenaient un dais au-dessus de sa tête.

Presque immédiatement marchait le duc de Bourgogne, splendidement vêtu et monté sur un cheval magnifique; la selle et le chanfrein de ce cheval étaient brodés de diamants; les habits du cavalier en étaient couverts; une bourse qu'il portait à la ceinture en était tissue; il avait sur lui pour plus d'un million de pierreries.

Le roi se rendait directement à Notre-Dame pour

adorer Dieu. Il y avait par toutes les rues où il devait passer des représentations de mystères; mais un des plus charmants spectacles qu'il vit à cette rentrée, c'étaient les sirènes de la rue du Ponceau, c'est-à-dire trois jeunes filles jouant du luth ou de la lyre, et chantant, plongées dans l'eau jusqu'à la ceinture. La partie supérieure de leur corps n'était voilée par rien, la partie inférieure ne l'était que par l'eau. On avait choisi, pour jouer les irrésistibles enchanteresses, les trois plus belles jeunes filles que l'on avait pu trouver.

Lorsqu'on arriva aux halles, un boucher cria :

— O franc et noble duc de Bourgogne ! soyez le bienvenu dans la ville de Paris ! Il y a longtemps que vous n'y étiez venu, quoique vous y fussiez fort désiré.

A Notre-Dame, le roi adora les reliques, prêta serment entre les mains de l'évêque, fit quelques chevaliers, puis s'en alla diner au palais.

Les nouveaux chevaliers devaient figurer dans un tournoi qui allait avoir lieu à l'hôtel des Tournelles. Là où étaient le duc de Bourgogne et son fils, il y avait fêtes, et leurs fêtes ne se pouvaient point passer sans tournoi.

Les tenants de la joute furent le comte de Charolais, Adolphe de Clèves, le bâtard de Bourgogne, les sires de Gruthures, d'Esquerdes et de Miraumont.

Le roi ne joutait point, lui : il était trop sage pour mettre son plaisir à un exercice où l'on donnait et recevait des coups; peut être, si l'on n'eût fait qu'en donner, eût-il été de la partie; mais en recevoir, non! Seulement, à la fin de la joute, il se présenta un assaillant que personne ne connaissait, mais qui, ayant fait ses preuves, fut admis; « et, dit Châtelain, vint riflant parmi les jouteurs, et ne dura rien devant lui. »

C'était le roi qui avait découvert et payé ce rude homme d'armes, afin qu'il donnât son compte à chacun; et lui, pendant ce temps-là, caché derrière une jalousie, riait à cœur joie des terribles horions que recevaient les gentilshommes.

Le roi ne se montrait point à ces fêtes, et, en effet, même comme spectateur, quel rôle y eût-il joué? Il s'était hâté de mettre bas ses beaux habits de joyeuse entrée en la ville de Paris, et avait revêtu le costume sous lequel son aspect est arrivé jusqu'à nous : cape de gros drap gris, chapeau de feutre et houseaux de voyage. Enfermé dans son triste hôtel comme un hibou, dont il avait la couleur, il n'en sortait que le soir en espèce d'oiseau de nuit; et, au lieu d'en sortir bruyamment avec quelques beaux gentilshommes, escorté de pages et d'écuyers, comme faisaient son grand oncle le duc d'Orléans, ou son père le roi Charles VII, il sortait sans bruit et sans lumière, avec un certain compère à lui, nommé Bische, qu'il avait placé jadis comme espion près de son père, et qui avait pour mission de faire grande cour au comte de Charolais, et de tâcher que celui-ci consentît à ce que le roi de France rachetât les villes de la Somme.

Du vieux duc, le roi de France espérait bien en tirer ce qu'il voudrait, le regardant comme un esprit déjà affaibli qu'il conduirait à sa volonté ; mais il n'en était pas ainsi du jeune homme ! Il le menait la nuit, toujours conduit par son ami Bische, voir de belles dames, lui faisait toutes sortes de galanteries, l'appelant son *cher cousin*, lui donnant hôtel à Paris, titre de gouverneur de Normandie avec trente-six mille livres de pension ; tout cela comme preuve de sa reconnaissance au vieux duc, reconnaissance qu'il ne pouvait acquitter, disait-il.

Aussi, quand celui-ci s'en alla, malgré les instances de Louis pour le faire rester, le roi réunit son conseil, l'université, l'évêché de Paris, le sacré, le profane; puis, montrant le duc à tous les yeux :

— Messieurs, dit-il, voici mon oncle, le seul

homme au monde à qui je doive de la reconnaissance : je tiens de lui ma vie et ma couronne. Il va retourner chez lui, tandis que, moi, je vais voyager en Touraine ; il est si grand, que je ne saurais rien lui offrir qui fût digne de lui ; mais je vous commande de faire une procession générale à son intention : vous y prierez pour lui, pour moi et pour le salut du royaume. Il est mon père et mon sauveur, et, quoique Dieu le sache bien, je veux que vous le lui disiez encore dans vos prières ; vous ne pouvez faire envers lui plus que vous ne devez, et, moi, je lui dois tant, que jamais je ne ferai assez !

Le bon duc était tout confus d'une reconnaissance qui le traitait ainsi.

La procession eut lieu, en effet, le 23 et le 24 ; puis le roi se mit en route. Le bon duc alla conduire son pupille jusque hors de la ville ; là, le roi parut tellement navré de cette séparation, qu'il fut tout prêt de contremander son départ ; enfin, il prit sur lui de faire ses adieux au duc, mais en versant force larmes.

Six jours après, le duc de Bourgogne partit à son tour, caressé, comblé, accablé, — moqué surtout, il en avait non pas la preuve, mais la conviction; — cependant, tout cela s'était fait avec tant d'habileté, qu'il n'y avait rien à dire.

A trois lieues de Paris, Philippe vit accourir après lui un homme tout éperdu : c'était le gouverneur de la Bastille, qui se souvenait seulement alors d'un ordre que lui avait donné le roi, six jours auparavant, à savoir, de remettre au duc de Bourgogne les clefs de la forteresse, afin que celui-ci pût y envoyer telle garnison qu'il lui conviendrait; le gouverneur suppliait le bon duc de ne pas dire au roi qu'il se fût acquitté si tard de l'ordre reçu, attendu qu'il lui en arriverait grand malheur si le roi apprenait cette négligence.

Que dire à cela? Philippe consola le gouverneur,

le réconforta, lui fit un beau cadeau et le renvoya avec ses clefs.

Quant au comte de Charolais, il était allé faire un pèlerinage dans cette province de Bourgogne où il était né, dont il serait duc, et qu'il n'avait jamais visitée. Après cette excursion, il s'en alla rejoindre le roi à Tours.

Là, ce furent bien d'autres tendresses encore qu'avec le vieux duc!

Un jour que le comte de Charolais avait été à la chasse sous la conduite du duc du Maine, celui-ci revint au château sans le ramener : le comte s'était perdu.

Le roi, alors, entra dans une étrange colère; jamais nul ne l'avait vu si inquiet, ni si agité; il fit sonner les cloches dans tous les villages, allumer des fanaux dans tous les clochers, envoya des éclaireurs dans toutes les directions; chaque seconde qui s'écoulait sans nouvelles, augmentait son trouble; il en rongea tout le haut du bâton qu'il tenait à la main, et fit vœu de ne boire ni manger qu'il ne sût ce qu'était devenu son cousin.

Enfin, à onze heures du soir, il fut tiré d'angoisse par le comte de Crèvecœur, qui apportait une lettre du comte de Charolais.

Celui-ci s'était égaré, en effet; mais, ayant trouvé un bon gîte, il écrivait qu'il reviendrait le lendemain seulement.

Ces scènes étaient si bien jouées par le royal acteur, qu'il était impossible de savoir si c'étaient des feintes ou des réalités.

Une occasion se présentait de jeter du refroidissement entre le comte et son père; le roi, comme on le comprend bien, n'allait point la laisser échapper.

VI

OU LE RENARD COMMENCE A MANGER LES POULES

Nous avons dit qu'en Angleterre la rose blanche d'York venait de l'emporter sur la rose rouge de Lancastre. La chose avait eu lieu à la bataille de Towton.

Les Anglais nous vengeaient bien! Jamais tant de Français n'étaient restés sur la terre sanglante, ni après Crécy, ni après Poitiers, ni après Azincourt, qu'il ne resta d'Anglais sur le champ de bataille de Towton. On compta les morts et l'on en trouva trente-six mille sept cent soixante et seize.

Le soir de la bataille, Édouard IV était roi.

La mère du comte de Charolais était de la maison de Lancastre, c'est-à-dire du parti vaincu. Le duc, au contraire, sacrifiant les liens de parenté à la politique, l'alliance aux intérêts, se déclara pour la maison d'York.

Le roi parut céder aux instances du comte de Charolais, et promit de donner asile à Marguerite (la rose rouge), si elle venait en France.

Elle y vint, et le roi la reçut à merveille; il tint même avec elle sur les fonts de baptême le fils que venait d'avoir la duchesse d'Orléans et qui, depuis, fut Louis XII. Seulement, quant à des secours, il la pria d'attendre que le moment fût opportun pour lui en donner.

Ce refus momentané était d'autant plus plausible que le duc de Bourgogne négociait une trêve avec Édouard IV. A ce sujet le roi envoya à son oncle une ambassade qui était, en outre, chargée de lui demander, comme chose de peu d'importance, l'autorisation d'établir pour son compte la gabelle du sel en Bourgogne; naturellement, le duc refusa.

Louis XI, alors, fit défendre à ses sujets de donner aide ou renfort aux Anglais, et même de commercer avec eux. Or, cette défense s'étendait aux sujets du duc, qui étaient Français ; aussi le duc envoya-t-il à son tour Jean de Croy, sire de Chimay, en ambassade, pour se plaindre de la façon dont le roi de France agissait avec lui.

Mais le roi ne reçut pas même l'ambassadeur du duc; il permit seulement que celui-ci le rencontrât comme par hasard dans une des galeries du palais.

Le sire de Chimay, s'étant soumis à cette exigence, exposa au roi la cause de son ambassade; mais Louis, sans le laisser aller jusqu'au bout:

— Eh! dit-il, quel homme est-ce donc que votre duc de Bourgogne? est-il fait d'un plus précieux métal que les autres princes?

— Oui, sire, répondit bravement l'ambassadeur; car il vous a gardé et soutenu contre la colère du roi Charles, votre père, quand nul autre prince ou seigneur n'osait vous recevoir chez lui.

Le roi tira son chapeau sur ses yeux et rentra dans sa chambre.

La vérité est que, sous son ingratitude réelle pour le duc de Bourgogne et sous sa générosité apparente pour Marguerite d'Anjou, Louis XI cachait un grand but politique: il voulait attirer Marguerite auprès de lui, l'affamer, et, lorsqu'elle aurait bien faim, lui racheter Calais pour un morceau de pain. Calais, nous l'avons dit, était la seule ville que les Anglais tinssent encore dans le royaume.

Louis ne perdait pas l'espoir.

Mais il était comme ces gens qui ont le bonheur de loucher: tout en regardant l'Angleterre, il vit que l'Espagne brûlait.

Il se hâta de traiter avec les bonnes gens de Liége, c'est-à-dire avec les ennemis les plus acharnés du duc de Bourgogne; il les appela ses *compères*, — c'était son mot d'amitié, — et s'engagea à les protéger envers et contre tous.

On demandera quel bénéfice Louis XI pouvait tirer de ses compères de Liége.

Une révolte dans un temps donné! d'ailleurs, on le verra à l'œuvre.

Voici ce qui avait tiré l'œil de Louis XI vers l'Espagne.

Don Juan d'Aragon, pour plaire à sa seconde femme, s'était débarrassé — l'histoire ne dit pas trop comment: prude ou corrompue, parfois elle ferme les yeux — s'était, disons-nous, débarrassé de son fils don Carlos de Viana, héritier de Navarre.

Les Catalans étaient désespérés de la mort de ce prince, qui, pour ne point les quitter, avait refusé le trône de Naples, et qui ne demandait pas mieux que d'oublier le monde entre Homère et Platon; l'ombre du pauvre prince, disait-on, revenait, la nuit, dans les rues de Barcelone, pleurant, se lamentant, criant le crime de son père.

Le comte de Foix, gendre de don Juan d'Aragon,

avait ses espérances en Espagne; il relevait du roi de France: il appela Louis XI à la vengeance du mort. Louis XI vit le Roussillon en perspective, et, pieusement, déclara qu'il prenait en main la cause du trépassé.

Louis XI aimait beaucoup ces causes-là.

Il est vrai que Warwick armait une flotte pour faire une descente en France; mais, on ne sait pourquoi, Louis XI n'avait aucune peur de Warwick.

Seulement, il n'avait pas le sou pour faire cette guerre d'Espagne.

Où était passé l'argent du roi? Warwick le savait peut-être, lui dont le roi n'avait pas peur.

Louis XI mit un impôt sur les vins, abolit la pragmatique, nomma les évêques lui-même, fit de l'argent avec leurs bénéfices; puis, pour mettre les saints de son côté, avant de rien tenter en Espagne, annonça un pèlerinage à Saint-Michel en Grève et à Saint-Sauveur de Redon.

C'était un moyen d'examiner de près la Bretagne; il se défiait tout naturellement de son duc, et, avant de partir pour les Pyrénées, il n'était point fâché de savoir ce qu'il laissait derrière lui.

Le duc de Bretagne n'avait d'yeux et d'oreilles que pour regarder et écouter ce qui se faisait pendant ce pèlerinage.

Il y perdit son temps : le roi, ne voulant pas être distrait de ses pieuses pensées, fit crier à son de trompe, la veille de son départ, que quiconque le suivrait serait puni de mort.

Aussi voyageait-il, non pas en roi, mais en véritable pèlerin. Il savait la difficulté qu'ont les rois à voir et à entendre ; la couronne, —surtout la sienne, qui, on le sait, était trop large, — la couronne lui eût bouché à la fois les yeux et les oreilles !

Il ne voyageait qu'avec cinq pauvres serviteurs mal vêtus comme lui, portant comme lui de gros rosaires de bois ; sa garde suivait de loin, avec Jean

Bureau et son artillerie. — Louis XI appelait Jean Bureau son *maître des comptes*, sans doute par ce même principe qui a fait depuis appeler les canons *ultima ratio regum*.

Ses dévotions faites, le roi fila tout doucement de l'Ouest vers le Midi, visita Nantes en passant, puis voulut voir la Rochelle : c'était curieux à voir une petite république; à la Rochelle, il était si près de Bordeaux, que ce n'était point la peine de s'en passer; il alla donc voir Bordeaux. Seulement, un jou qu'il le regardait du côté de la mer, il fut vu lui même par un vaisseau anglais. On comprend que Louis, avec son bateau, n'eut pas l'idée de prendre la nef anglaise; mais la nef anglaise eut l'idée de prendre le bateau et lui donna la chasse.

Le roi lui-même saisit un aviron et se mit à ramer; dans ce moment-là, un sceptre était moins utile qu'une rame ! Le vaisseau ne put suivre le roi dans les eaux basses; le roi fut sauvé.

Sans doute, ce fut en commémoration de la façon miraculeuse dont il venait d'échapper à l'ennemi qu'il rendit à Bordeaux toutes ses libertés. Bordeaux plaidait à Toulouse, ce qui était absurde ; le roi voulut non-seulement que Bordeaux plaidât chez lui, mais qu'on y vînt plaider de tous les pays environnants.

Enfin, il fit de Bayonne un port franc.

Rien de tout cela, il en était bien sûr, ne voudrait plus redevenir Anglais.

Don Juan voyait s'approcher le roi avec terreur; il lui écrivit pour le menacer des Anglais et des préparatifs terribles de Warwick ; mais nous avons déjà dit que Louis savait à quoi s'en tenir sur cette descente des Anglais.

Aussi répondit-il :

— Prenez garde ! en supposant que les Anglais viennent, ils s'en iront ; mais, moi, je ne m'en irai pas et serai toujours là pour vous punir.

Et il continuait d'avancer.

Pour qu'il ne fût plus question de cette mort de don Carlos de Viana, il fallut que don Juan lâchât le Roussillon ; moyennant quoi Louis XI reconnut que don Juan n'avait eu d'autre tort que de mettre son fils dans une chambre trop humide; mais les chambres des prisons ont ce défaut-là : qu'y faire?

Madame de Rambouillet disait qu'il y avait, à Vincennes, une chambre qui valait son pesant d'arsenic.

Louis XI revint vers le Nord; le tour était fait. Maintenant, il pouvait s'inquiéter des Anglais.

Et, en somme, il s'en était toujours inquiété.

La pauvre Marguerite d'Anjou l'avait suivi d'étape en étape, lui demandant des secours d'hommes et d'argent. Un jour, enfin, il consentit à lui donner vingt mille livres, à la condition que, si elle venait à monter sur le trône, elle rendrait Calais à la France.

Peut-être Shakespeare connaissait-il ce trait lorsqu'il composa son *Juif de Venise*.

Il est vrai qu'en même temps Louis XI faisait prêter par la Bretagne soixante mille autres livres à l'héritière de Lancastre.

Que si Warvick se plaignait, Louis XI avait ses deux réponses toutes prêtes :

D'abord, il était neveu de Marguerite d'Anjou, et ne pouvait raisonnablement pas lui refuser une aumône. Vingt mille livres ! qu'était-ce que vingt mille livres ! Et il ne les lui donnait même pas, ces vingt mille livres, il les lui prêtait, et à réméré encore !

Ensuite, les soixante mille francs de la Bretagne ne le regardaient pas. C'était l'argent du duc, et il ne pouvait empêcher le duc de faire ce qui lui plaisait de son argent.

Quant aux secours en hommes que réclamait Marguerite, c'était autre chose ; Louis ne lui donnait pas un soldat ; si elle en levait, tant mieux pour elle ! Il l'envoya chercher fortune en Normandie, dont, on le sait, il avait nommé M. de Charolais gouverneur, peut-être dans la prévision de ce qui arrivait. Sûr de l'amitié de son beau cousin, il ne s'occupait point de ce qui se passait dans son gouvernement; si un jour Charles se rappelait qu'étant Lancastre par sa mère, il devait, pour lui rendre ses brillantes couleurs, arroser la Rose rouge avec du sang normand, eh bien, alors, Louis en serait quitte pour désavouer son cousin.

Et, sans doute, Warvick comprit-il qu'il n'avait aucun motif d'en vouloir au roi de France; car, étant sorti avec sa flotte, une flotte magnifique, il se contenta de longer les côtes de la Normandie et du Poitou; il est vrai que, le long de ces côtes, toutes hérissées d'artillerie par le maître des comptes Jean Bureau, une armée manœuvrait, suivant le bord de la mer et ne perdant pas de vue les vaisseaux anglais.

Il en résulta que Warvick, jugeant qu'il n'y avait rien de bon à tenter en France, fit une descente en Bretagne, près de Brest.

Louis XI en fut enchanté : cela brouillait les Bretons avec les Anglais. Il eût indiqué l'endroit à Warwick, que Warwick n'eût pas mieux choisi.

Mais, tout à coup, le roi semble perdre la tête, tant sa politique devient embrouillée.

Il donne au Dauphiné une exemption de règlements pour la chasse.

Il donne à Toulouse, à moitié brûlé, une exemption de tailles pour cent ans.

Il donne au comte de Foix le Roussillon, qui lui a coûté tant de sourdes pratiques.

Enfin, il donne à Sforza, qui chasse d'Italie la maison d'Anjou, qui refuse aux d'Orléans le patrimoine de Valentine Visconti; il donne à un tyran, à un usurpateur, Gênes et Savone, lui permettant, en outre, de racheter Asti au vieux duc d'Orléans, que le duc de Bourgogne vient de racheter lui-même.

Dans quel but tout cela? Attendez.

Louis XI tient fort au Roussillon et tient fort à Asti;

mais il tient plus encore à ses villes de la Somme : il va essayer de les reprendre de gré ou de force à Philippe le Bon. C'est la France qu'il lui faut avant tout, une France compacte, homogène, française.

Il reprendra sûrement le Roussillon au comte de Foix, qui va le lui garder pendant ce temps-là.

Il reprendra peut-être Gênes, Savone et Asti à Sforza, qui, avec la vie de bandit qu'il mène, peut être tué, assassiné ou empoisonné d'un moment à l'autre.

Mais, le comte de Foix et le duc de Milan étant ses amis, l'un lui prêtera ses excellents fantassins basques, l'autre ses bons cavaliers lombards. Il aura infanterie et cavalerie, une petite armée qu'il pourra faire tuer sans remords : Basques et Lombards sont presque des ennemis. Et, tandis qu'on tuera les Basques et les Lombards, on ne tuera pas ses bons paysans, qui labourent cette pauvre terre de France, si longtemps en friche pendant le règne de Charles VII.

La ! et maintenant qu'il a ses fantassins basques et ses cavaliers lombards, que va faire Louis XI à l'endroit du vieux duc de Bourgogne, pour lequel il a commandé des prières aux gens de son conseil, à l'université et à l'évêché de Paris?

Les prières françaises n'avaient point profité au bon duc, et il était tombé grandement malade. La duchesse était sortie de son béguinage et le comte de Charolais était accouru de son gouvernement pour le soigner.

Louis XI y aurait bien couru aussi; personne n'eût plus perdu que lui, en ce moment, à la mort du duc : il y eût perdu ses villes de la Somme ! Tant que le vieux duc vivait, il avait l'espoir de rentrer dans ces malheureuses villes, qui, avec Calais, tourmentaient si fort son sommeil ; le duc mort, il ne fallait rien attendre du comte de Charolais ; il s'était prononcé, il était féroce à l'endroit de ces villes.

Trois villes pendaient à ce fil usé qu'on appelle la vie d'un vieillard.

Les Croy se mirent à l'œuvre. — Moins le sire de Chimay, tous étaient au roi de France. — Ils persuadèrent au duc qu'il avait intérêt à laisser reprendre la Somme à Louis XI.

Le vieux duc n'en crut rien, mais céda : il tenait, comme Louis XIV, à mourir tranquille. Il signa la cession, ou plutôt la rétrocession, moyennant quatre cent mille écus ; il espérait que Louis XI ne pourrait pas le payer.

Le roi n'avait pris qu'un délai de quatre mois pour ce payement : il devait être fait en deux termes, 12 septembre et 8 octobre.

Le 12 septembre, les deux cents premiers mille francs arrivèrent ; le 8 octobre, les deux cents derniers.

Cela se passait en présence des Croy.

— Croy, Croy, disait le duc en envoyant tristement l'argent à son trésor, — Croy, Croy, l'on ne peut servir deux maîtres !

Ce n'était pas d'une voix plus lamentable qu'Auguste criait : « Varus, rends-moi mes légions ! »

Au reste, dans tous les marchés qu'il faisait, le roi exigeait des otages ; il n'avait point de fils à lui, mais il les remplaçait par les fils des autres. — Parodiant les paroles du Christ, il disait comme ce tendre Jésus : « Laissez venir les enfants jusqu'à moi ! » Puis, quand les enfants étaient venus, il ne les laissait point retourner chez eux. Il avait ainsi l'héritier d'Albret, les fils du duc d'Alençon, le petit comte de Foix, le petit duc d'Orléans, dont il venait d'être le parrain.

Il avait marié le comte de Foix avec sa sœur ; il voulait marier le duc d'Orléans avec sa fille : le futur avait deux ans !

C'était une bonne précaution pour Louis XI que d'avoir le petit duc dans la main au moment où il livrait Gênes, Savonne et Asti, c'est-à-dire la plus belle partie de l'héritage de l'enfant : en échange de cet héritage, Sforza ne pouvait-il pas l'aider à prendre la Savoie ?

En attendant qu'il prît la Savoie, Louis en prenait les princes.

Un jour, le vieux duc Philippe de Bresse, chassé par son fils, s'étant hasardé jusqu'à Lyon, le roi de France, son gendre, mit la main sur lui et le logea à Loches.

Loches, c'était la montagne d'aimant des *Mille et une Nuits* : une fois qu'on y avait mis les pieds, on ne s'en détachait plus.

Dans cette maison de Savoie, où Louis avait pris femme, il y avait encore une fille à marier : il la proposa au roi d'Angleterre.

Le comte de Charolais vit le coup et le para, en faisant épouser à celui-ci Élisabeth Rivers, malgré Warvick, qui voulait donner à Édouard IV une femme de la main de Louis XI, et malgré le lord maire, qui avait dit : « Avant que le roi d'Angleterre épouse cette femme, il en coûtera la vie à plus de dix mille hommes ! »

Cette fois donc, Louis XI fut battu par le comte de Charolais : c'était la revanche des villes de la Somme ; le comte et le roi étaient manche à manche.

Le bon duc était à Hesdin. Le roi lui envoya la reine et les princesses, puis il y alla lui-même, faisant l'aimable, le bon, l'empressé près du vieillard. Celui-ci ne parlait plus de ces malheureuses villes de la Somme, il les regrettait trop pour cela : Louis crut qu'il les avait oubliées. Il lui parla de lui racheter Boulogne, plus Lille. Le vieux duc n'osait dire non.

— Charolais n'y consentirait pas, répondit-il.

Un éclair passa dans les yeux de Louis XI.

— Bon ! dit-il, chargez-moi de mettre à la raison ce mauvais fils, et je vous le rendrai souple comme un gant !

Philippe se rappela comment Louis XI avait mis à la raison son père Charles VII. C'était dans un bois que le roi lui faisait cette confidence ; le bon duc eut peur de ce renard qui, sous sa peau, montrait une griffe de tigre : il se sauva.

Le roi ne voulut pas s'être déplacé pour rien : il utilisa ce voyage en allant visiter les marches de Flandre et de Picardie, Abbeville, Arras, Tournai, toujours selon son système, en petit train, sans pompe, comme un simple particulier ; il avait conservé la haine des réceptions solennelles, des fêtes, des harangues.

A Abbeville, tous les habitants l'attendaient sur la grande place et dans les rues adjacentes ; mais il fit rester son cortége à un quart de lieue de la ville, descendit de cheval, et entra seul et à pied, comme si lui-même était un bon bourgeois de la ville.

On reconnut cependant qu'il était étranger, et des gens du faubourg l'arrêtèrent en lui demandant :

— Avez-vous rencontré le roi?

— Le roi, dit-il, c'est moi.

Mais les braves gens, le voyant avec son vieux chapeau et son habit râpé, le prirent pour un fou ou pour un bouffon, et commencèrent à se moquer de lui; ils le prenaient par son fort : Louis était le plus grand gausseur de son temps. Il prêta donc le collet; mais, comme il raillait cruellement, l'affaire menaçait de devenir mauvaise pour lui. En ce moment, par bonheur, le cortége arriva et le fit reconnaître; sans quoi il courait risque d'être lapidé.

Aussi, à dater de ce jour, il se mit à prendre des rues si détournées quand il entrait dans une ville, qu'il finissait par gagner son logement sans être vu, et souvent même avait-il quitté la ville sans qu'on sût qu'il y était entré.

Il s'ensuivit que, lorsqu'on attendait le roi quelque part, les échevins fermaient toutes les portes, hors une seule; si la ville n'avait pas de portes, les bourgeois barricadaient les rues, hors la grande rue. Il fallait bien alors que le royal voyageur passât par la porte restée ouverte, ou par la rue non barricadée.

Un jour qu'il traversait un village incognito, il eut besoin d'écrire une lettre; or, tous ses secrétaires étaient employés à des besognes diverses, et il n'avait personne près de lui qui pût écrire. — Le bon roi Louis, quoiqu'il fût grand clerc, n'aimait pas beaucoup à écrire de sa main.—Il avisa, parmi ceux qui l'entouraient, un homme portant une écritoire à sa ceinture; il l'appela.

L'homme s'empresse d'obéir au roi et débouche son écritoire pour en tirer une plume; il en tombe deux dés.

— Oh! oh! dit le roi, quelles dragées sont celles-ci?

— *Remedium contra pestem*, répondit le clerc sans se démonter.

— Tu m'as l'air d'un gentil paillard, répliqua le roi charmé de la réponse; tu es à moi.

Et, en effet, à partir de ce moment, l'homme entra à son service.

VII

LES DEUX COUSINS

Pendant toutes ces promenades du roi de France, le comte de Charolais était à Gorcum, en Hollande.

Un beau jour, Olivier de la Marche, écuyer du comte, arriva près du duc de Bourgogne; il venait, de la part de son fils, lui donner connaissance d'un fait qui ne manquait point de gravité.

Une espèce de bravo, nommé le bâtard de Rubempré, longtemps serviteur du duc, mais depuis une année au service du roi de France, venait de se laisser prendre à Gorcum, au moment où il s'informait de la façon de vivre du comte, de ses heures de promenade, et de quelles personnes il était d'habitude accompagné. Arrêté dans une église où il s'était réfugié, ledit bâtard avait si mal répondu, que le comte ne doutait point que cet homme n'eût mission du roi de France de l'enlever, comme il en avait été, deux ans auparavant, de Philippe de Bresse ; ce qui confirmait les soupçons du comte, c'est que les compagnons du bâtard, à la nouvelle de son arrestation, s'étaient sauvés, laissant leur barque dans le port d'Hermus. Ils étaient une quarantaine.

Convaincu ou non convaincu, chacun parut être de l'avis du comte.

Ainsi, Louis XI venait de jeter le masque, et c'était en ennemi déclaré qu'il fallait le traiter désormais.

Le comte de Charolais profita du moment. Il y avait longtemps que cette paix dans laquelle il était obligé de vivre lui pesait. La trahison des Croy était patente ; sous le souffle invisible qui les poussait, leur puissance était devenue presque royale : ils occupaient la marche allemande, le Luxembourg ; la marche anglaise, Boulogne et Guignes ; la marche française, les villes de la Somme ; le Hainaut était dans leurs mains ; ils recevaient le vin royal et seigneurial à Valenciennes ; tout cela leur était venu en deux ans, coup sur coup. Quand le roi de France était derrière les gens avec son ambition, les gens marchaient vite !

Le comte fit voir tout cela au duc, qui le voyait depuis longtemps, et, dans un manifeste, il déclara une guerre à mort aux Croy. Les plus timides des favoris se mirent à l'abri ; un d'eux, voulant tenter une dernière ressource, se réfugia près du bon duc. Philippe lui promet de le protéger, prend un épieu, sort en chancelant, appelle à son aide. Mais personne ne vint ; au contraire, on se sauva plutôt. Tout le monde croyait le vieux duc mort et enterré : on le prit pour son fantôme.

A partir de ce moment, le jeune duc change de peau; il laisse là celle du comte de Charolais et revêt celle de Charles le Terrible, comme on l'appela d'abord.

Son premier acte fut de faire mettre à mort le trésorier de son père; vieille rancune d'enfant prodigue! probablement ce trésorier lui avait refusé de l'argent. Puis, le 24 avril 1465, il créa un impôt qu'il fallait payer en mai; en même temps, ordre était donné à toute la noblesse de Bourgogne et des Pays-Bas d'être sous les bannières le 7 mai.

On y fut.

Le 7 mai, Charles passait la revue de quatorze cents hommes d'armes et de huit mille archers, sans compter les coulevriniers, les cranequiniers, les coutilliers, les gens de charroi.

Contre qui tous ces préparatifs? Il était évident que c'était contre *l'universelle araignée*, comme dit Châtelain.

Charles, si peu politique et si peu patient qu'il fût, profitait du bon moment : il y avait grande émotion contre le roi parmi les princes.

Quelle nouvelle tyrannie Louis XI avait-il donc commise?

Il avait voulu réglementer la chasse.

« Le seigneur, dit Michelet, enfermait ses manants comme sous portes et gonds; du ciel à la terre, tout était à lui : forêts chenues, oiseau dans l'air, poisson dans l'eau, bête au buisson, l'onde qui coule, la cloche dont le son au loin roule... »

Là où le seigneur avait droit, la bête avait droit — cerf, sanglier, chevreuil, lièvre, lapin, de brouter et retourner le blé vert; — pigeon, de le manger en épis.

Un jour cependant, si cerf, sanglier ou chevreuil faisait trop de dégâts, le seigneur venait avec meute, chevaux, valets; il chassait le cerf, le sanglier ou le chevreuil, et ce qui était resté debout, de la dent du cerf ou de la défense du sanglier, était mis à bas sous les pattes des chiens et les pieds des chevaux.

En Dauphiné, en même temps qu'il désennoblissait les gentilshommes en ennoblissant les vilains, la première idée d'une réforme de la chasse était venue à Louis XI ; il s'était un jour essayé chez le seigneur de Montmorency. Ayant eu l'honneur de recevoir le roi chez lui, le noble sire voulut lui faire les honneurs d'une grande chasse; à cet effet, il réunit et accumula dans la cour de son manoir filets, panneaux, épieux et une foule d'autres engins de destruction.

Le roi, sans rien dire au maître, donna ordre à un ancien serviteur d'aller mettre le feu à ces engins, qui furent tous brûlés; de sorte que la chasse ne put avoir lieu.

Un édit était tout prêt, disait-on, ordonnant que, dans un délai de quatre jours, à dater de celui de la publication, tous ceux qui avaient filets, rets ou piéges, eussent à les remettre aux baillis royaux.

Par ce même édit, il était défendu aux princes et

seigneurs, de quelque condition qu'ils fussent, de chasser, sous peine corporelle et pécuniaire.

Un gentilhomme de Normandie avait chassé et pris un lièvre, malgré la défense du roi, disant qu'il était roi sur ses terres; Louis XI, pour lui prouver que non, lui avait fait couper une oreille.

Ce n'est point que Louis XI détestât la chasse : au contraire, il l'aimait tant, que toutes ces défenses, assurait-on, n'avaient d'autre but que de la réserver à lui tout seul.

Puis le roi faisait quelque chose de bien plus étrange et de bien autrement honteux : il payait aux paysans le dégât que leur faisaient ses bêtes!

On avait lu dans les registres de ses dépeuses :

« Un écu à une pauvre femme dont les lévriers du roi ont étranglé la brebis. »

« Un écu à une autre dont le chien du roi, appelé Maguet, a tué l'oie auprès de Blois. »

« Un écu à une autre dont les chiens et les lévriers ont étranglé le chat, près de Mont-Louis, route de Tours à Amboise. »

Enfin : « Un écu à un pauvre homme dont les archers, en traversant son champ pour aller joindre droit au grand chemin, ont gâté le blé. »

Il n'y avait donc plus de seigneurs, il n'y avait donc plus de manants, si le roi, qui était le seigneur des seigneurs, comptait avec les paysans.

Tant il y a que les seigneurs s'émurent.

Le roi leur avait déjà pris la guerre, et voilà qu'il leur prenait la chasse; que leur resterait-il donc ?

Le plus rancunier de tous les princes était le duc de Bretagne, lequel était presque un roi, et avait le plus à perdre à la subtilité de cette main jalouse, qui se glissait partout, se posait sur tout.

Il résolut cependant de jouer le jeu du roi. Il lui envoya une grande ambassade. Louis la reçut à merveille, et s'amusa à vouloir gagner le chef de cette ambassade ; puis, un beau jour qu'il croyait l'avoir séduit, celui-ci partit, lui enlevant son frère, le duc de Berry.

On allait, selon l'habitude du temps, faire la guerre à l'aîné avec le cadet; c'était encore ce qu'il y avait de mieux quand on ne pouvait pas la faire au père avec le fils.

Aussi, le 22 mars, le duc de Bretagne se déclare ennemi de quiconque sera l'ennemi du duc de Bourgogne, et cela, *sans en excepter monseigneur le roi.*

Trois armées allaient donc marcher contre Louis XI.

Une armée bourguignonne et flamande sous les ordres de Charles;

Une armée bretonne sous les ordres du duc de Bretagne;

Une armée de mécontents sous les ordres du duc de Bourbon.

Il y avait de quoi effrayer un plus grand guerrier que Louis XI, et peut-être fut-ce parce qu'il n'était pas grand guerrier qu'il ne s'effraya point.

Notez que, sur les vingt-sept provinces du royaume, il n'en possédait que quatorze.

Seulement, il avait un nombre respectable de francs archers, quelques solides compagnies d'ordonnance, une belle et bonne artillerie.

L'argent manquait.

Bah! à un homme du génie de Louis XI, l'argent ne manquait jamais! L'argent pouvait manquer à Louis XI pour faire emplette d'un chapeau neuf; mais il trouvait deux cent mille écus pour acheter les villes de la Somme.

Ne comptait-il pas de bons amis à l'étranger, parmi les marchands de Venise et les banquiers de Florence? et croyez-vous que ce fût gratis qu'il permettait à Pierre de Médicis, son ami et féal conseiller, de joindre à ses armes les trois fleurs de lis de France?

Puis il avait, le bon roi Louis, depuis longtemps en tête une idée qu'il désirait mettre à exécution.

L'occasion était bonne.

Cette idée, c'était la poste ; la poste aux chevaux, qui amena naturellement la poste aux lettres. C'était une imitation des anciennes postes de l'empire romain ; mais Louis XI, comme Molière, prenait son bien où il le trouvait.

De quatre lieues en quatre lieues, il y aurait un relais où l'on fournirait des chevaux aux courriers du roi, — *à nul autre, sous peine de mort.*

Le roi payait la somme, énorme à cette époque, de dix sous par cheval pour chaque relais franchi, c'est-à-dire pour chaque course de quatre lieues.

Cette fois, il était bien véritablement l'araignée au centre de sa toile : les nouvelles venaient de la circonférence au centre ; les ordres rayonnaient du centre à la circonférence.

Puis il fit une alliance avec la Bohême et Venise.

Venise lui prêterait des galères ; la Bohême attaquerait le Luxembourg.

Ses autres alliés, dont on s'était tant étonné, ne lui manquèrent point alors.

Sforza envoya son propre fils Galéas dans le Dauphiné, avec huit cents hommes d'armes et trois ou quatre mille fantassins. Ferdinand, le bâtard, tint les Provençaux en alerte avec ses vaisseaux. Le comte de Foix donna ses Basques.

Le roi se mit en campagne. Son intention était, à force de célérité, et en se transportant d'un bout de la France à l'autre, de battre ses ennemis séparément.

Ce fut la tactique employée, depuis, par Napoléon.

L'armée française était peu nombreuse, mais parfaitement ordonnée ; si bien que personne, excepté l'ennemi, n'avait peur de la voir venir ; laboureurs, hommes d'Église, marchands, étaient aussi en sûreté au milieu de cette armée qu'ils l'eussent été dans Paris même. « Jamais, dit un contemporain, on ne vit si gracieuse guerre. »

Louis poussa droit au Bourbonnais. Il laissa Bourges derrière lui, sans s'inquiéter ni de la ville ni de sa garnison, tactique qui se rattache encore au génie moderne. Il emporta Saint-Amand, Montrond, Montluçon en trois jours. Sancerre, voyant la douceur avec laquelle on traitait les vaincus, se rendit d'elle-même.

Au bout d'un mois, tout eût été fini en Berry, si les gens du duc de Bourbon n'eussent tenu Bourges, et en Bourbonnais, si le maréchal de Bourgogne n'eût tenu Moulins.

Louis comptait, en outre, sur une famille pour laquelle il avait fait énormément : c'était celle des Armagnacs.

Il avait écrit au comte qu'il l'attendait, lui et ses garçons, et d'Armagnac avait répondu que sa maison avait toujours été bonne servante de la maison de France, et qu'elle ne manquerait point au roi, à qui elle devait tant.

En effet, pendant quinze ans, sans que l'on s'expliquât pourquoi, Louis avait comblé le bâtard d'Armagnac : il lui avait donné le Comminges et les gouvernements de Guyenne et de Dauphiné, attachant en quelque sorte au ceinturon de son épée la clef des Alpes et celle des Pyrénées.

Ce bâtard d'Armagnac était un misérable condamné pour meurtre et pour faux, et qui avait épousé sa propre sœur !

En dernier lieu, il l'avait fait duc de Nemours, lui donnant des biens immenses autour de Paris, dans les diocèses de Meaux, de Châlons et de Sens. De plus, il érigea la donation en duché-pairie, et fit asseoir le titulaire entre le duc de Bourgogne et le duc de Bretagne.

Un matin, le roi reçoit enfin la nouvelle de l'arrivée de ce Nemours, et, à son grand étonnement, la demande d'un sauf-conduit.

Le messager, en effet, avait une seconde mission : c'était de s'entendre avec l'évêque de Bayeux, qui était dans l'armée royale, pour livrer Louis XI aux princes ; une fois entre les mains des princes, le novateur couronné était contraint d'accepter un conseil de famille composé de l'évêque de Bayeux et d'un autre évêque au choix de celui-ci, de huit maîtres des requêtes et de douze chevaliers.

Louis XI éventa le complot. Nemours passa aux princes, et le comte d'Armagnac leur conduisit les six mille Gascons qu'il avait promis au roi de France.

On crut Louis perdu ou tout au moins découragé. Point! il connaissait admirablement le pays : c'était celui où, autrefois, il avait fait la guerre à son père ; il s'agissait d'étonner les princes par la rapidité des manœuvres ; il marcha sur Verneuil, prit la ville et la rasa, fit attaquer sous ses yeux Gannat par le maréchal de Comminges, Sallazar, Giresme et Guillaume Cousinot. En quatre heures, la ville fut emportée d'assaut; le roi se fit apporter un œuf qu'il goba tandis que l'on emportait le château; puis il s'en vint coucher à Aigueperse. Le lendemain, son armée occupait les villages de Mosat et de Marsat, et offrait la bataille à l'armée des princes.

Les princes n'osèrent accepter. Le duc de Bourbon alla se cacher dans un moulin. Le duc de Nemours vint trouver le roi, lequel, avec la faiblesse étrange qu'il avait pour lui, écouta ses protestations, et lui accorda une trêve comprenant l'Auvergne, le Bourbonnais, le Berry, et même les marches de Bourgogne, si les Bourguignons s'abstenaient d'hostilités.

De leur côté, les princes jurèrent qu'ils serviraient le roi envers et contre tous comme leur souverain seigneur.

Cette campagne n'avait réussi que par un miracle de stratégie. Au reste, il était temps qu'elle finît: le comte de Charolais n'était qu'à dix lieues de

Paris, et le roi en était à près de cent; or, en perdant sa capitale, Louis risquait de perdre son royaume; il savait parfaitement cela.

Mais il n'avait rien omis pour tenir Paris en bonne disposition: il y avait laissé Charles de Melun, un de ses plus habiles et, à ce qu'il croyait, un de ses plus fidèles lieutenants, assisté de maître Jean là Balue, évêque d'Évreux, nommé tout récemment, et auquel le roi avait laissé entrevoir le chapeau de cardinal.

Charles de Melun proclama les anciennes ordonnances sur la garde de la ville; le guet fut rétabli; les chaînes des rues, enlevées aux bourgeois sous Charles VI, furent réparées et remises en état.

Louis avait écrit aux habitants de la capitale: il les remerciait de leur loyauté, dont ils n'avaient pas encore donné preuve; il leur déclarait que Paris était la ville qu'il aimait le mieux au monde, et leur annonçait qu'il allait y envoyer accoucher la reine.

En même temps, tous les prédicateurs prêchaient pour le roi.

La campagne admirable qu'il venait de faire, l'artillerie de Jean Bureau, à laquelle rien n'avait résisté, étaient bien pour quelque chose dans les prières des prédicateurs. Le clergé aimait peu Louis XI.

Le comte de Charolais et le comte de Saint-Pol étaient à Saint-Denis.

Ils avaient, une fois, voulu entrer en pourparler avec maître Jean de Popincourt, seigneur de Sarcelles, et maître Pierre Lorfèvre, qui étaient de garde à la porte Saint-Denis, et demander des vivres pour les Bourguignons ; mais les deux capitaines avaient refusé la conférence, et, au premier mouvement hostile, avaient tiré sur les Bourguignons.

Le comte attendait les princes : il ignorait qu'ils eussent été battus et qu'ils eussent fait leur soumission.

Il se présentait comme lieutenant du duc de

Berry, frère du roi; partout, sur son passage, au nom du duc de Berry, il abolissait les tailles et les gabelles; à Lagny, il ouvrit les greniers à sel et brûla les registres des taxes.

Tout à coup, le comte de Charolais apprit que le roi revenait victorieux, et avec l'intention de lui livrer bataille. Il passa aussitôt la Seine au pont de Saint-Cloud, et marcha au-devant de son adversaire pour l'empêcher de rentrer dans Paris.

Puis il attendait, par l'Anjou, le duc de Bretagne et le duc de Berry; en marchant vers Fontainebleau, il se rapprochait toujours d'eux de quelques étapes.

Louis avait lancé en avant le duc du Maine, avec ordre de disputer le passage aux deux auxiliaires; mais le duc du Maine ne s'était pas jugé assez fort pour risquer de leur couper le chemin: il les avait laissés suivre leur route sur Chartres, et était allé rejoindre le roi à Beaugency.

Que ferait le roi? marcherait-il au duc de Bretagne? marcherait-il au comte de Charolais?

Son avis était de rentrer dans Paris sans combattre ni l'un ni l'autre; mais, si bon stratégiste qu'il fût, il était peu probable qu'il réussît à accomplir cette manœuvre.

Le sire de Brezé croyait les Bretons plus faciles à défaire que les gens du duc de Bourgogne: il était donc d'avis que le roi attaquât les Bretons. Puis il ajoutait que parmi les Bretons se trouvaient le sire de Lohéac, le sire de Bueil et le comte de Dunois, tous anciens serviteurs du roi Charles VII, et qui, sans doute, n'oseraient pas combattre son fils.

— Mais, vous, dit en riant le roi, vous avez autrefois signé cette ligue du Bien public, sénéchal!

— Bon! répondit celui-ci en riant à son tour, ils ont ma signature, c'est vrai, sire; mais, vous, vous avez ma personne.

— Ah çà, sénéchal, demanda le roi, avez-vous donc peur, que vous me conseillez d'éviter la bataille?

— Pour cela, non, sire, repartit Brezé, et je le ferai bien voir à la première occasion.

— Eh bien, alors, dit le roi, marchons sur Paris et hardiment.

C'était le roi Louis qui était plus acharné que les hommes de guerre !

Tout au contraire, le comte de Charolais, se voyant isolé, trouvant les Bretons lents à venir, n'eût point été fâché, lui, d'éviter la bataille ; seulement, ce n'était point l'affaire du comte de Saint-Pol, qui voulait être connétable.

Le 14, le roi écrit à Paris qu'il arrivera le 16, et ordonne à Charles de Melun, son lieutenant général, de lui envoyer deux cents lances, avec le maréchal de Rouault. Puis il continue son chemin.

Le 16 au matin, il était à Chartres; il avait marché toute la nuit.

Arrivé là, il sut que l'armée du comte de Charolais était à Monthéry.

VIII

LA JOURNÉE DE MONTLHÉRY

Louis XI donna son avant-garde au sire de Brezé, qui devait seulement reconnaître l'ennemi.

Mais, soit que les reproches du roi l'eussent piqué au jeu, soit que ce trahisseur juré trahît encore cette fois :

— Je les mettrai, dit-il, si près l'un de l'autre, que bien habile sera celui qui saura démêler les Français des Bourguignons.

On rapporta le propos à Louis XI, qui fronça le sourcil et donna quelques ordres tout bas.

Louis ne voulait point engager la journée que le renfort attendu n'arrivât.

Mais il n'était plus le maître. Malgré son ordre,

Brezé avait donné avec son avant-garde, et, au premier choc, il était tombé.

— C'est la justice de Dieu ! dit Louis XI.

L'avant-garde pliait.

Le roi prit la tête de sa troupe et chargea bravement. Il rencontra Saint-Pol, qu'il culbuta ; celui-là avait, par bonheur pour lui, un bois à sa portée, il s'y enfonça.

Les archers, pendant ce temps, se retranchaient derrière leurs pieux aiguisés et les chariots de bagages ; on leur amena deux pièces de vin de Bourgogne qu'ils défoncèrent et où leur courage se retrempa.

Le comte de Charolais apprit où en était la bataille et fut un moment incertain ; il envoya d'abord le bâtard de Bourgogne.

Irait-il lui-même ? C'était dangereux d'engager toutes ses forces ; le sire de Rouault, sortant de Paris, le prenait entre deux attaques.

Mais le sire de Contay arriva.

— Alerte, monseigneur ! dit-il, alerte ! Si vous voulez gagner la bataille, il faut vous hâter ; les Français arrivent à la file ; il croissent à vue d'œil, le temps presse !

Le comte de Charolais n'hésita plus; mais, extrême en tout, au lieu de faire reprendre haleine à ses gentilshommes à moitié chemin, il les mena aux Français tout d'une traite; ils avaient traversé des champs de blé vert et de fèves, ils arrivèrent harassés.

En atteignant le village de Montlhéry, ils y mirent le feu. Le vent poussait la fumée et la flamme du côté des Français, qui se troublèrent ; le roi et ses hommes furent ramenés.

Sur la hauteur, Louis XI fit halte ; mais le comte, emporté à la poursuite des fuyards, passa outre.

Le roi chercha alors son arrière-garde sous les ordres du duc du Maine; celui-ci l'avait emmenée.

Tout le monde trahissait peu ou prou.

Et, cependant, ce duc du Maine s'était fait payer d'avance ; le roi lui avait donné les biens de Dunois.

Disons que la plupart de ces hommes-là avaient la vue malade des contemporains, qui voient mal les grands génies qu'ils voient de trop près.

Le comte de Charolais, continuant de pousser devant lui, dépassa d'une demi-lieue Montlhéry.

Le roi vit l'imprudence et essaya de lui couper la retraite.

Cinq cents pas de plus, le comte était perdu.

Il essaya de revenir au galop ; il fallait faire une trouée ; il était reconnu : les hommes d'armes tombaient sur lui de tous côtés. Un piéton lui donna dans la poitrine un coup de pieu qui lui faussa sa cuirasse.

Arrivé devant le château, où il croyait rentrer, le comte le vit gardé par les archers du roi. Il tourna à gauche, pour regagner la plaine ; mais une vingtaine de cavaliers s'élancèrent à sa poursuite; il reçut un coup d'épée qui entra par la jointure de son casque et de sa cuirasse, que ses écuyers avaient mal bouclés. Un homme d'armes mit la main sur lui, criant :

— Monseigneur, je vous connais bien. Rendez-vous ! ne vous faites pas tuer !

Par bonheur, le fils du médecin du comte, nommé Jean Cadet, disent les uns, Robert Cottereau, disent les autres, se jeta entre Charles et ceux qui le poursuivaient et le sauva.

En ce moment, par bonheur encore, le bâtard de Bourgogne arriva avec ses gens et une trentaine d'archers réunis autour de sa bannière. Le bâton de cette bannière avait été coupé tant de fois, qu'il n'était plus long que d'un pied.

Le comte s'était un instant trouvé dans un si grand danger, qu'on l'avait entendu crier :

— Mes amis, défendez votre prince! ne le laissez

pas en danger! Pour moi, je ne vous quitterai qu'à la mort : je suis ici pour vivre et mourir avec vous.

Son écuyer, Philippe d'Oignies, qui portait son pennon, avait été tué à ses côtés.

Parmi les Français, le bruit courait que le roi avait été tué. Louis vit qu'il ne fallait point laisser s'accréditer ce bruit.

Il ôta son casque et parcourut le champ de bataille, criant :

— Non, mes amis, je ne suis pas mort; voilà votre roi, défendez-le de bon cœur.

Nous avons dit que les archers bourguignons s'étaient retranchés derrière leurs pieux et leurs bagages, et que, tout en lançant leurs flèches à la faveur de cet abri, ils vidaient deux tonnes de vin de Bourgogne que le comte de Saint-Pol avait ordonné qu'on leur défonçât; mais les chevaliers français, au lieu de les attaquer de front, débordèrent la haie de chaque côté et tombèrent sur eux.

Aussitôt, voyant cette manœuvre, les hommes d'armes de sire de Ravenstein et du comte de Saint-Pol se ruèrent à travers leurs propres archers, les renversant et culbutant les uns sur les autres. Ils étaient douze cents à peu près, mais tous jeunes gens élevés pendant une longue paix, et n'ayant jamais mis la lance au faucre que pour les tournois; il en résulta qu'ils furent rompus en un instant et que, comme ils avaient eux-mêmes jeté le désordre parmi leurs archers, ils ne purent se rallier derrière eux. Ils prirent la fuite, poursuivis par les Savoyards et les Dauphinois.

Philippe de Lalaing se fit tuer : il était, lui, de cette brave maison de Lalaing qui ne fuyait pas.

Le roi suivait le combat du haut de la colline de Montlhéry, n'ayant autour de lui que sa garde.

Le comte était dans la plaine, mais si mal accompagné, que, si le roi avait eu cent hommes d'armes pour l'attaquer, il le mettait en déroute.

Cependant, le comte de Saint-Pol, qui s'était ménagé, sortit de sa forêt vers la fin de la journée, rallia une quarantaine de chevaux, et, au pas, en bon ordre, vint rejoindre le comte de Charolais; peu à peu la troupe s'augmenta de ceux qu'on rencontrait, et l'on se retrouva au nombre de huit cents hommes d'armes.

Le comte de Charolais voulait reprendre l'offensive; mais il n'y avait plus d'archers et, sans archers, comment attaquer les Français, postés sur une hauteur, et dans ces mêmes retranchements que les Bourguignons s'étaient faits avant la bataille?

Le moment eût été bon cependant: les Français étaient fort troublés; Brezé avait trahi avec l'avant-garde; le duc du Maine avait trahi avec l'arrière-garde; il n'y avait que le roi et les hommes qu'il commandait qui eussent franchement donné.

Sans le roi, qui combattit comme Henri IV dans ses bons jours, la bataille était perdue.

Le soir vint.

Il y avait grande discorde dans le camp bourguignon ; l'armée, dispersée en pelotons de vingt ou trente hommes, était battue ; les archers , écrasés par les chevaliers de leur propre parti, revenaient moulus et défigurés. La hauteur des blés empêchait, toutefois, qu'on ne vît les pertes réelles.

Les deux princes étaient restés : les deux armées semblaient s'être évanouies.

Le comte de Saint-Pol et le sire de Hautbourdin firent approcher les chariots pour former l'enceinte. On ignorait dans quel état était l'armée du roi de France ; on voyait ses feux , on croyait qu'elle allait passer la nuit dans sa position.

Le comte de Charolais souffrait de sa blessure ; on le désarma et on le pansa. Il se fit apporter deux bottes de paille pour s'asseoir, et mangea. On était au milieu de cadavres déjà dépouillés et nus ; il est incroyable avec quelle rapidité cette opération du dépouillement s'était faite ! un de ces cadavres se ranima et demanda à boire ; le comte lui donna un peu de sa tisane, — il ne buvait jamais de vin ; — puis, appelant son propre médecin, il lui recommanda le pauvre diable qui en revint.

A qui était la journée ? Bien fort eût été celui qui l'eût dit.

Le comte assis sur la paille, les capitaines assis sur le tronc d'un arbre renversé, tinrent conseil sur ce qu'il y avait à faire.

Le comte de Saint-Pol était d'avis qu'il fallait abandonner les bagages, ne s'occuper que de l'artillerie et prendre la route de Bourgogne. Le danger était trop grand, placé comme on l'était entre le roi et Paris ; Charles de Melun pouvait se raviser et sortir : on était écrasé, anéanti.

Ce fut aussi l'opinion du sire de Hautbourdin.

Le sire de Contay fut d'un autre avis.

Se retirer, suivant lui, c'était tout perdre : la retraite du comte ne serait pas une retraite, ce serait une fuite ; avant d'avoir fait vingt lieues chacun tirerait de son côté, et le comte resterait seul. En résumé, le sire de Contay voulait qu'on employât la nuit à se rallier, à se réconforter, à se remettre en bon ordre.

— Si Dieu a sauvé monseigneur du danger qu'il a couru aujourd'hui, dit-il, c'est afin qu'il poursuive son dessein.

Le comte de Charolais adopta l'avis, donna des ordres en conséquence, encouragea ses hommes, leur fit distribuer du vin, et s'endormit, prêt à s'éveiller au premier son de la trompette.

Pendant qu'il dormait, le comte de Saint-Pol envoya des hommes en reconnaissance.

Ces hommes revinrent les uns avec un charretier qui apportait une cruche de vin du village, les autres avec un moine cordelier.

Tous deux donnaient la même nouvelle : à savoir

que le roi avait décampé, laissant une simple garde au château.

Le cordelier avait, en outre, rencontré l'armée royale, qui battait en retraite sur Corbeil, ou plutôt qui faisait ce qu'elle avait toujours voulu faire, qui rentrait à Paris.

« Et alors, dit Comines, il y eut des gens qui crièrent : « Il faut aller après ! » lesquels faisoient bien maigre chère, une heure devant. »

En effet, cette retraite du roi tirait le comte d'un bien grand embarras.

Louis XI s'arrêta à Corbeil, attendant des nouvelles de Paris.

Lui non plus n'était point très-rassuré.

Heureusement qu'au lieu de le poursuivre, le comte de Charolais s'amusait à proclamer sa victoire, selon la vieille coutume. Il fit sonner et crier aux quatre angles du camp qu'il était prêt à recevoir la bataille, s'il se trouvait roi, prince ou capitaine assez hardi pour l'en requérir.

Naturellement, personne ne répondit, et le comte de Charolais se proclama vainqueur.

« Ce fut de ce moment, dit Comines, que commença en lui cette grande présomption qui, de tous les princes, le rendit le plus incapable d'écouter un conseil et d'obéir à rien qu'à sa volonté. »

De son côté, le roi, voyant Paris immobile, y rentra. Paris ne savait pas trop ce qui s'était passé ; le roi en profita pour donner les nouvelles comme il les comprenait. Le comte de Charolais proclamait sa victoire aux quatre coins du camp, lui proclama la sienne aux quatre coins de Paris.

Puis il se mit tranquillement à table.

Chez qui? Chez son fidèle serviteur Charles de Melun.

C'est chez lui que le roi était descendu, sachant parfaitement que son lieutenant général l'avait trahi; mais, pensant que ce n'était point le moment de se hasarder aux reproches, il écouta les excellentes raisons que celui-ci lui donnait pour s'excuser de n'avoir point été à son aide, les approuva et lui fit mille caresses, ainsi qu'aux bourgeois et aux bourgeoises que le gouverneur de Paris avait réunis pour souper avec Sa Majesté.

Sur cette parole du roi, que la bataille était gagnée et que les Bourguignons étaient en fuite, une trentaine de pillards sortirent qui s'en allèrent jusqu'à Montlhéry, dévalisant les fugitifs, ramassant les armes jetées et les chariots abandonnés.

A Montlhéry, ils trouvèrent le comte de Charolais, qui continuait de défier l'air à grandes fanfares de trompettes, et qui s'enflait de tout le vent qui sortait de ses clairons...

IX

DÉVOTIONS A NOTRE-DAME DE CLÉRY

Pendant que le comte perdait ainsi son temps, le roi utilisait le sien, reprenant son Paris, maison à maison, rue à rue, place à place; ayant d'abord deux cents lances, puis quatre cents, puis mille.

Alors, il nomma le comte d'Eu à la place de Charles de Melun, tout en cajolant fort celui-ci, l'appelant son *cher ami*, et lui donnant de l'argent qu'il prenait on ne sait où.

Louis XI, au reste, s'était conduit bien sagement à ce retour. On avait cru voir rentrer Marius ou Sylla; point: c'était Auguste. L'évêque de Paris vint lui faire des remontrances; non-seulement le roi les écouta avec une patience admirable, mais encore, quand le prélat eut fini, il lui demanda sa bénédiction.

Il réduisit plusieurs taxes ; entre autres, celle qui frappait le vin au détail, et rendit le droit d'en vendre, avec toute immunité, aux ecclésiastiques, aux membres de l'Université, aux officiers royaux. Il allait partout à pied par la ville, suivi du peuple qui criait : « Noël ! » Dans une de ces courses, il rencontra un élève du Châtelet qui, le jour où les Bourguignons s'étaient présentés à la porte Saint-Denis, avait couru par les rues en criant : « Paris est pris ! Vivent les Bourguignons ! » Ce clerc, par une mansuétude toute particulière des juges, n'avait été condamné qu'à un mois de prison, au pain et à l'eau, et à être battu de verges ; on le promenait à travers la ville dans un tombereau d'ordures. Le roi s'informa quel était cet homme et quel crime il avait commis. On s'attendait qu'il allait le faire pendre, surtout lorsqu'on le vit appeler le bourreau et lui parler bas; mais il se contenta de dire à celui-ci :

— Frappe fort et n'épargne pas ce paillard; car m'est avis qu'il l'a bien mérité.

Le roi avait fait venir des francs archers de Normandie; seulement, la noblesse normande, convoquée par lui, ne venait pas. Il jeta les yeux autour de Paris; il vit que les princes s'étaient réunis à Étampes, mais que cette réunion n'avait eu d'autre résultat que de leur montrer l'impossibilité matérielle et politique d'une ligue comme la leur.

Matériellement, le pays ne pouvait pas nourrir cinquante mille hommes qu'ils étaient, dont dix mille de cavalerie; ils furent donc obligés de s'éparpiller de Montlhéry à Sens.

Chaque armée était un peuple ennemi des autres peuples; chaque chef était un prince ennemi des autres princes: d'abord, Armagnacs et Bourguignons, ces vieux athlètes qui avaient si longtemps lutté dans Paris, croix rouge et croix blanche; puis Allemands et Italiens, Gibelins et Guelfes, Bretons et Provençaux, Est et Ouest; un duc de Berry, malingre, souffreteux, faisant le dégoûté à la vue du champ de bataille de Montlhéry, tandis que l'Alexandre, le César de cette journée, le comte de Charolais, faisait la roue, daignant à peine parler, ne riant plus que pour se moquer de ceux qui arrivaient quand tout était fini.

— Il paraît qu'il y a eu beaucoup de blessés, disait le duc de Berry; c'est grande pitié! J'aimerais mieux que les choses ne fussent point commencées que d'être la cause du malheur de tant de gens, et vous-même avez une blessure, mon cousin de Charolais?

— Que voulez-vous, mon cousin de Berry! répondait le comte en se rengorgeant, cela prouve que j'étais arrivé à temps pour livrer bataille, moi.

Puis, se retournant vers les Bourguignons:

— Entendez-vous, disait-il, comment parle ce cher parent? Il est ébahi par sept ou huit cents hommes qu'il voit blessés et se traînant par la ville, gens qui ne lui sont rien, qu'il ne connaît pas. Il s'ébahirait bien autrement si la chose le touchait; il serait homme à faire facilement son marché et à nous laisser dans la crotte. Le souvenir des anciennes guerres de son père, le roi Charles, et du duc de Bourgogne, mon père, pourraient lui revenir en mémoire, et Français et Bretons se tourner contre nous.

Tandis que les princes se disputaient, le roi, qui n'avait pas comme eux trois ou quatre volontés à mettre d'accord, partait sans rien dire, pour aller diligenter la noblesse de Normandie. C'était assez hardi de quitter Paris dans un pareil moment; mais assez facilement le roi risquait ces sortes de coups de tête qu'il appuyait sur certains calculs. Leur réussite le mettait dans une suprême joie et dans une incroyable satisfaction de lui-même.

D'ailleurs, Louis XI avait confiance dans son nouveau lieutenant le comte d'Eu, et plus encore dans le petit peuple de Paris.

Quant aux bourgeois, ils n'aimaient pas fort le roi : ils le trouvaient trop semblable à eux, trop bourgeois lui-même.

Aussi les princes furent-ils avertis par quelques-uns de ces derniers du départ du roi pour la Normandie, et, sur cette nouvelle, se rapprochèrent-ils jusqu'à Lagny.

Lorsque les gens du Parlement et les notables bourgeois virent les princes à cinq ou six lieues seulement des portes de Paris, ils allèrent trouver le comte d'Eu, le priant d'envoyer des ambassadeurs à Leurs Altesses pour s'accorder sur une bonne paix.

Le comte d'Eu répondit que c'était bien son intention et que, la première occasion s'en présentant, il ne la laisserait point échapper.

L'occasion ne se fit pas attendre : le duc de Berry dépêcha quatre hérauts avec quatre lettres ; l'une de ces lettres était adressée aux bourgeois, l'autre au Parlement, l'autre à l'Église, l'autre à l'Université.

Les princes demandaient qu'on leur envoyât six notables pour discuter les conditions de la paix.

La ville leur en envoya douze.

Guillaume Chartier, évêque et idiot; Thomas Courcelles, un des juges de Jeanne d'Arc; l'Olive, prédicateur; les trois Thuillier: l'un théologien, l'autre avocat, le troisième changeur; six chanoines sur douze.

La députation trouva les princes au château de Beauté. Le duc de Berry les reçut assis. Le héros de Montlhéry était près du prince, debout et armé de toutes pièces. Ainsi se tenait aussi Dunois, malgré ses soixante-six ans et sa goutte.

Le duc de Berry ne dit rien; le comte de Charolais laissa échapper quelques menaces, tout en disant deux mots de Montlhéry; mais Dunois signifia aux députés que, si Paris n'avait pas ouvert ses portes avant dimanche, lundi on donnerait un assaut général.

On était au vendredi, les députés n'avaient pas de temps à perdre.

Le samedi, grand conseil à Paris, et, comme on le pense bien, grand émoi.

Sous les fenêtres de l'hôtel de ville étaient les arbalétriers et les archers de la ville, pour assurer aux délibérants toute liberté d'opinion.

Mais, à deux cents pas de là, sur les quais, le comte d'Eu passait la revue de trois mille cavaliers, de quinze cents piétons, d'archers à cheval et d'archers normands à pied.

Cela voulait dire : « Messieurs les bourgeois, prenez bien garde à ce que vous allez faire. »

Cependant, les bourgeois délibéraient. Quelques-uns disaient que ce serait par trop malhonnête de refuser la porte aux princes, et qu'on devait les laisser entrer, chacun avec sa garde de quatre cents hommes; seize cents hommes en tout.

Cet avis, qui avait l'avantage d'offrir un de ces termes moyens qui sourient à la bourgeoisie parce qu'ils ne l'engagent point dans un parti définitif, allait peut-être passer, lorsqu'on entendit des cris dans la rue; et ce bruit d'orage lointain que fait la multitude.

C'était le petit peuple de Paris, lequel cherchait, pour les pendre et leur couper la gorge, ces brigands de députés qui voulaient introduire les pillards dans la ville.

La démonstration était positive, les démonstrateurs étaient nombreux.

Le comte d'Eu laissa le peuple s'égosiller sous les fenêtres de l'hôtel de ville, à la grande terreur des bourgeois; puis il entra dans la salle des séances, invitant les députés à aller rendre compte à MM. les princes du résultat de leur délibération.

Les députés prirent l'avis de la majorité des notables et partirent.

C'était le dimanche.

La réponse était qu'on ne pouvait s'engager à rien avant de connaître le bon plaisir du roi.

— Alors, dit Dunois de sa plus grosse voix, à demain l'assaut!

— Comme il vous plaira, monseigneur, répliquèrent les bourgeois.

Le lendemain se passa sans que l'on vît arriver personne : au contraire, ce furent les gens du roi qui sortirent et qui ramenèrent soixante chevaux.

Le 28 août, le roi rentra dans Paris avec une armée de douze mille hommes, cinquante chariots de poudre et sept cents nuids de farine. Louis XI connaissait les Parisiens, fidèles tant qu'ils ne manquent de rien : il tenait à les faire vivre en abondance; et, en effet, Paris regorgeait de pain et de vin. Les princes tenaient le haut de la Seine; mais le roi tenait le bas. Les vivres, au lieu de descendre, remontaient.

Le roi fit remonter jusqu'à des pâtés d'anguilles de Mantes, qu'il fit vendre à moitié prix à la criée du Châtelet.

Pendant ce temps, les assiégeants crevaient de faim ; c'était tout le contraire de ce qui se passait dans les siéges ordinaires.

Le duc du Maine eut pitié de son neveu, le duc de Berry : il lui envoya une charge de pommes, de choux et de raves.

C'était la seconde fois que les bourgeois voyaient rentrer le roi en force, après avoir essayé de le trahir ; c'était la seconde fois qu'ils craignaient sa vengeance. Le roi se vengea, mais doucement ; il se contenta de mettre hors de la ville les trois ou quatre députés qui avaient parlé de recevoir les princes ; quant à l'évêque Guillaume Chartier, la seule vengeance que le roi en tira fut de ne lui parler de sa vie et de lui faire son épitaphe après sa mort.

Avec tout ce monde, il fallait bien cependant que le roi eût l'air de vouloir combattre. Il annonça qu'il allait marcher à l'ennemi; en conséquence, il s'en alla prendre l'oriflamme des mains de l'abbé de Saint-Denis; mais, de peur qu'il n'arrivât malheur au saint drapeau, il l'enferma soigneusement dans son palais des Tournelles.

Il comptait sur la faim et sur les négociations.

Pour savoir où en était, comme appétit, l'armée des princes, il permit aux Parisiens d'aller vendre des vivres à ces pauvres diables d'affamés.

Les Parisiens profitèrent de la permission.

Jean de Troyes va nous dire comment les assiégés trouvèrent les assiégeants.

« Les joues velues, pendantes de malheureuseté, sans chausses ni souliers, pleins de pous et d'ordures, ils avoient telle rage de faim aux dents, qu'ils prenoient les fromages sans les racler et mordoient à même. »

Les marchands rapportèrent ce qu'ils avaient vu. C'était tout ce que le roi voulait savoir. Il fit fermer les portes de la ville et coupa court à l'exportation des vivres.

Les assiégeants en furent réduits aux raisins verts.

Entre temps, Louis XI négociait; la diplomatie, c'était sa grande force.

Les premiers qui vinrent à lui furent les Armagnacs. Le roi, peu rancunier, traita avec eux; — il est vrai qu'il devait leur revaloir cela plus tard.

Puis le comte de Saint-Pol arriva ensuite : il voulait être connétable. Il causa longtemps avec Louis XI, et sans doute, cette fois, eut-il le fourreau, s'il n'eut pas encore l'épée.

On entra en pourparlers avec Jean de Calabre, — le même auquel Antoine de la Salle dédia son roman du *Petit Jehan de Saintré* et de la *Dame des belles cousines ;* — mais avec lui la chose échoua.

Peut-être était-il trop exigeant ou n'avait-on plus besoin de lui.

Le roi, en effet, regardait par-dessus la tête de tous ces gens-là.

Le 26 août, il avait envoyé de l'argent aux Liégeois.

Le 30, les Liégeois se révoltèrent et défièrent le duc de Bourgogne à feu et à sang.

Le 4 septembre, les princes demandèrent une trêve ; elle fut accordée.

Cette trêve était établie de part et d'autre pour traiter de la paix.

A quelles conditions ?

Louis XI en rit la première fois qu'on les lui proposa.

Au duc de Berry, la Normandie et la Guyenne ; au comte de Charolais, la Picardie ; au duc de Bretagne, la Saintonge : — il est vrai que c'était pour les Écossais ; — au duc de Lorraine, la garde des évêchés de Toul et de Verdun, et cent mille écus d'or comptant pour l'aider à conquérir Naples et Metz.

Le roi fit traîner les négociations en longueur.

Ce qui devait le sauver le perdit.

Il avait pour lui le bas peuple, mais contre lui le clergé, les seigneurs et les bourgeois.

Chaque ville avait sa garnison de soldats, mais chaque ville avait aussi son seigneur et ses notables.

Ces seigneurs et ces notables donnèrent bien du mal au pauvre Louis XI pendant tout son règne ! Sa vie fut un long jeu, un éternel manche à manche ! Il est vrai qu'avant de mourir, il gagna la belle ; mais il lui fallut pour cela faire poignarder d'Armagnac et couper le cou à Saint-Pol et à Nemours.

Au moment où il croyait tout tenir dans sa main, tout lui manque.

C'est d'abord le duc du Maine qui, à tout hasard, se fait assurer ses charges par le duc de Berry.

C'est ensuite le contrôleur général des finances Doriole qui, trouvant sans doute les finances du roi en mauvais état, va soigner celles de son frère.

C'est le commandant de Pontoise qui écrit au maréchal de Rouault qu'il le prie de l'excuser près du roi, attendu qu'à son grand regret, il vient de livrer la place aux princes.

C'est madame de Brezé, la veuve du Brezé tué à Montlhéry, qui, sans doute bien renseignée sur la mort de son mari, livre Rouen, de complicité avec l'évêque de Bayeux.

C'est le comte de Nevers, enfermé dans Péronne, qui ne livre pas la ville, mais se fait surprendre et emmener prisonnier. Le roi vit qu'il était en *déveine,* comme disent les joueurs; s'il ne traitait pas un jour ou l'autre, quelque Perrinet Leclerc allait livrer Paris et lui-même.

Un matin, on trouva la Bastille toute grande ouverte et ses canons encloués ; mais aussi faut-il dire que le gouverneur était le père de l'ancien lieutenant de Paris Charles de Melun.

Le roi traita : c'était l'homme des grands sacrifices ; chirurgien sans pitié, nul ne savait mieux que lui se couper les membres.

Il est vrai que, comme aux écrevisses, les membres coupés lui repoussaient, et que, presque toujours, de son bras manchot, il empoignait, pour ne plus la lâcher, quelque nouvelle province.

Le roi alla trouver le comte de Charolais.

— La paix est faite, lui dit-il. Les Normands veulent un duc, eh bien, ils l'auront !

Le roi avait dû passer une mauvaise nuit, celle qui précéda le jour où il avait pris cette décision.

La Normandie ! céder la Normandie, la province qui payait, à elle seule, le tiers des impôts du royaume, la bonne vache nourricière qui allaitait la

France ! faire un duc de Normandie, c'est-à-dire remettre à un traître — un duc de Normandie, quel qu'il le fût, le devenait forcément, — remettre à un traître les clefs de la France ! ouvrir aux Anglais la Seine, cette grande route qui va du Havre à Paris !

Céder la Saintonge aux Ecossais ! reconnaître ce vieux don de Charles VII, qui, dans un moment de détresse, avait payé une armée d'une province, c'était neutraliser la Rochelle, qui aurait l'ennemi à dos !

Céder la marche de Champagne au duc de Lorraine! Trahir Toul et Verdun, des alliés de plusieurs siècles, et cela, sans même que le duc de Lorraine rendît hommage !

Il fallut passer par là; le principal était de débarrasser Paris et ses environs de tous ces grugeurs de province. Quand il n'y aurait plus que des traités, bon ! les traités se font sur papier ! *Scripta manent!* Oui, les écrits restent, c'est vrai, mais tant qu'on ne les brûle ni ne les déchire.

Le roi croyait être délivré de tout ce monde-là. Le 3 novembre, il s'en va tendrement dire adieu au comte de Charolais à Villiers-le-Bel.

Alors, celui-ci lui annonce une nouvelle bien inattendue : il lui annonce qu'il épouse la princesse Jeanne, fille de France !

— Mais, mon cousin, dit le roi, vous avez trente an, et ma fille en a deux !

— J'attendrai treize ans, repartit le comte de Charolais. Ce n'est pas trop payer l'alliance avec la fille de mon seigneur suzerain, surtout lorsque cette fille m'apporte la Champagne.

—Ah ! dit Louis, elle vous apporte la Champagne ?

— Comment donc ! dit le comte, avec tout ce qui s'y rattache : Langres et Sens, Laon et le Vermandois.

— Plus elle vous apportera, reprit Louis, plus vous aurez de peine à attendre, beau cousin.

— Non ; car, en attendant, vous me donnerez le Ponthieu,

— Allons, va pour le mariage et la Champagne... dans treize ans.

— Et le Ponthieu tout de suite.

— Ma foi, oui, le Ponthieu tout de suite.

Et le roi signa.

Le comte de Charolais partit enfin,

— Pâque-Dieu ! dit le roi, je crois que j'ai bien fait, sinon, il allait me demander l'Ile-de-France pour son fils, et Paris, en attendant, pour lui-même !

Puis, se mettant à genoux :

— Bonne Notre-Dame de Cléry, dit-il, je jure de te faire faire, par notre orfévre André Mangot, un Louis XI d'argent représentant notre personne, si tu permets que je reprenne, même petit à petit, tout ce que mon cher frère et mes bons cousins viennent de me prendre d'un seul coup.

Le 25 novembre suivant, le roi allait en pèlerinage à Notre-Dame de Cléry pour renouveler son vœu.

En route, il reçut une lettre du duc de Berry, qui lui annonçait qu'il était en querelle avec le duc de Bretagne à propos de son duché de Normandie.

Louis XI montra la lettre au duc de Bourbon.

— Voyez, dit-il, mon frère ne peut s'entendre avec mon cousin de Bretagne. Je ne veux pas que deux si bons amis se brouillent; je reprendrais plutôt à mon frère le duché de Normandie.

Et, en effet, ce fut par là que commença Louis XI.

Mais n'oublions pas que c'est la vie de Charles le Téméraire que nous essayons d'écrire, et suivons ce digne prince sous les remparts de Liége et de Dinant.

X

LES COMPÈRES DE LIÉGE

Lorsque vous suivez les bords ravissants de la Meuse, vous vous apercevez qu'à Sédan et à Mézières, elle fait un long détour comme pour s'éloigner du Luxembourg et rester française, dût-elle revenir sur ses pas; mais il lui faut suivre la pente tracée par la main du puissant ouvrier qui modela la terre, couler aux Pays-Bas et se mêler aux eaux allemandes; là encore, elle redevient française un instant, en caressant d'une dernière étreinte les murailles de la riche et populeuse ville de Liége.

Liége, c'est la France des Pays-Bas, c'est une province oubliée, une sentinelle perdue; le sang que l'on verse à Liége coule, en réalité, de veines françaises.

On avait beau dire à Liége qu'elle était allemande, qu'elle faisait partie du cercle de Westphalie, que ses intérêts étaient au Nord et à l'Est, elle n'en voulait rien croire ; elle s'obstinait à sympathiser, à commercer, à faire cause commune avec l'Ouest et le Midi.

Près de Liége s'élevait Dinant,

Le commerce de Dinant, célèbre au moyen âge, s'appelait *dinanderie*. Le dinanderie, c'étaient les chaudrons, les casseroles, les pots et les chandeliers de cuivre.

Pourquoi ce commerce de Dinant était-il si célèbre? Michelet vous le dira, lui qui voit tout, et qui devine avec le cœur ce qu'il ne voit pas avec les yeux.

Quand la France passa des guerres civiles aux guerres étrangères; quand le serf, esclave au travail comme à la guerre, eut jeté, en devenant libre, le hoyau de la glèbe et la pique de la guerre; quand, sur un morceau de terrain acheté à la sueur de son corps, il se hasarda de bâtir une chaumière, il indiqua dans cette chaumière un endroit sacré,—le foyer.

C'était là que se rassemblait la famille; c'était là que l'on fêtait l'hôte.

Le centre du foyer, c'était la crémaillère.

La crémaillère, c'était la représentation de la maison même; le chat ne s'attache à la maison que lorsqu'on lui a frotté les pattes à la crémaillère; la maison ne vit et n'existe, en réalité, que lorsqu'on a pendu la crémaillère.

Mais ce n'est point le tout que de pendre la crémaillère; il faut qu'à la crémaillère pendue, pende quelque chose : la marmite.

Or, cette marmite, ce chaudron, ce pot, comme on l'appelait,— dénomination adoptée par nous qui disons encore le pot-au-feu, — ce pot, que faisaient les dinandiers, c'était le dieu du foyer, les pénates de la maison moderne. Ceux-là sont réputés parents qui vivent à un pain et à un pot.

La France sentait si bien que tous ces gens de Liége et de Dinant étaient Français, que c'était toujours à Dinant et à Liége que se sauvaient les proscrits de nos guerres civiles.

C'est au bruit des forges, des marteaux retentissant sur l'enclume, des limes grinçant sur le fer, que Grétry naît à Liége et Méhul à Givet.

Le servage avait disparu de bonne heure dans certaine partie des Ardennes, et particulièrement dans le duché de Bouillon. La coutume de Beaumont accordait aux habitants le libre usage des eaux et des bois, et la faculté de se choisir des magistrats.

Rappelez-vous la révolte de Gand que nous avons racontée, et qui éclate parce que le duc de Bourgogne ne veut point reconnaître ce droit aux Gantois.

Pour les Liégeois, de temps immémorial, servage adouci, vastes libertés de pâture, immenses biens communaux, — dont les communes ne purent souvent représenter les titres, tant cette propriété remonte à une fabuleuse antiquité.

L'Église, en ses beaux jours, fut non-seulement la conservatrice, mais encore la fondatrice des libertés de Liége. Plus tard, les évêques lui contestèrent et lui reprirent ces libertés; mais les évêques, ce n'est point l'Église.

Douze abbés devenus chanoines fondèrent un asile à Saint-Lambert de Liége, et établirent un tribunal pour le maintien de la paix de Dieu. L'évêque de ce chapitre eut le titre de grand juge de Marche. La juridiction de l'anneau était célèbre au moyen âge. Celui qui demandait justice se rendait à l'une des portes du palais de l'évêque, appelée la porte Rouge; il soulevait un anneau qui s'y trouvait fixé, il le faisait fortement retentir à trois reprises différentes, et l'évêque devait venir l'écouter sur-le-champ. L'évêque rendait son jugement au perron.

Ce perron était une colonne surmontée d'une

croix, surmontée elle-même d'une pomme de pin, symbole de l'association.

Le plus fier chevalier, cité au perron de la ville noire, obéissait.

La ville de Liége, avec ses libertés sur la terre et sous la terre, les priviléges accordés à ses forgerons et à ses mineurs, était donc la représentation de la liberté.

Il est vrai que cette liberté, contestée, enlevée, reconquise, fut pleine d'agitation; mais qui dit liberté dit vie, et qui dit vie, dit orage. Il n'y a que les morts qui se trouvent complétement à l'aise et qui ne remuent plus. Est-ce parce qu'ils sont à l'aise réellement, ou parce qu'ils sont morts?

Liége, après l'extermination de ses nobles, après la guerre des Awans et des Waroux, avait déclaré qu'elle ne prendrait plus ses magistrats que dans les métiers, et que, pour être consul, il faudrait être forgeron, charron ou mineur.

C'était comme à Rome, où le tribun du peuple ne pouvait être ni chevalier ni patricien.

Mais qu'arriva-t-il à Rome? C'est que les nobles se firent adopter par les familles plébéiennes et devinrent consuls.

Il en fut ainsi pour Liége : les nobles, — comme Mirabeau, qui se fit marchand de drap, — se firent drapiers, tailleurs, marchands de vin, houillers.

Mais Liége ne fut pas dupe. En 1384, la noblesse est si peu influente dans la ville, la bourgeoisie si affaiblie, que noblesse et bourgeoisie abdiquent. Alors les petits métiers votent comme les grands, les ouvriers comme les maîtres, les apprentis comme les ouvriers.

Seulement, Liége est entourée de hauteurs; sur ces hauteurs les seigneurs ont leurs châteaux et leurs tours, c'est comme s'ils avaient les clefs de la ville : ils ouvrent ou ferment le passage des vivres.

Oui ; mais Liége possédait une arme terrible.

Liége avait-elle à se plaindre d'un de ces puissants seigneurs, les métiers *chômaient*, c'est-à-dire déclaraient qu'ils ne voulaient plus travailler. Un matin, tout semblait éteint dans la ville, feu et fumée; vingt mille ouvriers s'armaient, marchaient contre le château, et, d'un revers de main, mettaient ses murailles au niveau de l'herbe.

Un chevalier nommé Ramus va en voyage avec l'évêque : à son retour, arrivé à un endroit d'où il est certain qu'on peut apercevoir son château, il le cherche des yeux, mais inutilement.

— Par ma foi, sire évêque, s'écria-t-il, je ne sais si je dors ou si je veille; mais j'ai accoutumance de voir d'ici ma maison sylvestre, et je ne l'aperçois point aujourd'hui.

— Oh! mon bon Ramus, reprit doucement l'évêque, qui n'était point étranger à la démolition du féodal manoir, ne vous courroucez point : des pierres de votre château, j'ai fait faire un couvent; mais vous n'y perdrez rien.

En attendant, le bon Ramus, comme l'appelait l'évêque, avait perdu son château.

Liége n'avait qu'un malheur : elle était terre d'Église, et, comme telle, donnée par une bulle au premier venu qui pour cela n'avait pas le moins du monde besoin d'être évêque : — il en portait le titre, voilà tout.

N'est-ce point à ce privilége que font allusion les armes de Stavelot : un loup portant une crosse à la patte?

Or, l'évêché donnait à l'évêque droit sur la ville; là, comme à Gand, l'élection des magistrats n'était valable qu'approuvée par l'évêque.

L'évêque se fâchait-il, il se retirait à Huy ou à Maestricht, qui était sous la juridiction indivise de l'évêque et du duc de Brabant, et fermait églises et tribunaux. La pauvre ville excommuniée se trouvait sans culte et sans justice,

En dix ans, Philippe le Bon s'était trouvé maître du Brabant, du Limbourg et de Namur. Ces deux provinces et cette ville faisaient le même commerce que Liége, — forges et chaudronneries ; — de là inimitié contre Liége.

Pendant un demi-siècle la maison ducale travailla à faire dépérir la ville épiscopale.

Trente années durant, un serviteur, un parasite, une âme damnée de Philippe le Bon, fut évêque de Liége ; il se nommait Jean de Hainsberg.

Maître de l'évêque, le duc se crut maître de la ville.

Liége se révolta.

L'évêque réclama l'arbitrage de son archevêque.

L'archevêque rendit la sentence au profit du duc de Bourgogne et condamna Liége à deux cent mille florins d'amende.

Liége demanda et obtint des termes ; non-seulement cette sentence était ruineuse pour elle, mais, en même temps, elle enrichissait son ennemi.

Cependant, le duc de Bourgogne, trouvant sans doute qu'il n'avait pas encore assez la main sur Liége, força l'évêque de résigner en faisant élire à sa place le jeune Louis de Bourbon.

Pour que l'élection fût légale, elle eût dû être faite par le chapitre, qui était prince avant que la maison de Bourgogne fût fondée ; mais le chapitre eût refusé : le duc s'adressa au pape.

Le pape lança une bulle qui nommait Louis de Bourbon évêque de Liége.

Le nouvel évêque, dont Walter Scott, dans *Quentin Durward*, a fait un vénérable vieillard, avait dix-huit ans ; c'était un écolier de Louvain. Il fit son entrée à cheval, ayant une veste d'écarlate, et portant son petit chapeau sur l'oreille. *Indutus veste rubrâ, habens unum parvum pileum.* Il était suivi de deux cents gentilshommes, et avait un Bourguignon à sa droite et un Bourguignon à sa gauche.

L'entrée fut triste. Mécontent du peu d'enthousiasme qu'on lui montrait, Louis de Bourbon se retira à Huy.

C'est là qu'il fallait lui envoyer son argent.

Liége, prenant un pareil évêque pour une plaisanterie, non-seulement ne lui envoya point son argent, mais encore se chargea de percevoir les droits que l'évêque touchait sur la bière.

L'évêque ferma les tribunaux.

Ce fut en ce moment que Louis XI eut besoin d'opérer une diversion. Jamais peuple opprimé, rançonné, ruiné, ne fut mieux disposé à la révolte.

Vers le même temps, un homme de noblesse certaine, mais de bravoure douteuse, se fit inscrire au métier de forgerons : c'était le métier roi.

Les forgerons furent enchantés, surtout au moment où l'on allait sans doute donner et rendre quelques bons coups, d'avoir à leur tête un noble s'armant des trois fleurs de lis de France.

Raës réunit et gagna quelques prêtres et obtint

d'eux qu'ils diraient la messe en plein vent : les églises, nous l'avons dit, étaient fermées.

On avait la messe ; il s'agissait d'avoir la justice.

Un matin les forgerons chôment.

— Pourquoi chômez-vous ? leur demandent les échevins.

— Nous chômons et nous chômerons, répondirent les forgerons, tant que les échevins n'auront point rétabli les tribunaux.

— Que les métiers nous garantissent l'impunité, dirent les échevins, et nous rétablirons la justice.

Sur trente-deux métiers, trente garantirent l'impunité.

Raës proposa alors le séquestre des biens de l'évêque.

Le roi de France donnait l'exemple : c'était juste en 1465, Louis XI mettait la main sur les biens du clergé.

Le 4 août, il mande à ses bons amis de Liége que,

grâce à Dieu, il a complétement battu le comte de Charolais à Montlhéry.

La nouvelle était apportée par le chevalier Renard, fait chevalier pour porter la nouvelle, et par maître Petrus Judii, professeur en droit civil.

Ce fut un enthousiasme universel, au point que les Liégeois sortirent en armes et s'en allèrent brûler un village du Limbourg.

Puis, se croyant invincibles, puisque le roi était vainqueur, ils envoient défier leur vieux duc à Bruxelles.

Le défi portait à feu et à sang.

— Merci, braves gens, dirent les messagers de Louis XI; nous retournons près du roi, et allons lui dire que vous êtes de ceux qui promettent peu, mais qui font beaucoup.

Louis XI en était venu à ses fins : les Liégeois s'étaient révoltés; seulement, c'était dans un moment où il ne pouvait les secourir.

Dinant, d'habitude, suivait Liége ; cette fois-ci, il le précéda.

Dinant avait une ennemie de l'autre côté de la Meuse; les deux villes rivales se regardaient avec des yeux furibonds, comme Belgrade et Semlin des deux côtés du Danube.

La ville ennemie, c'était Bouvignes, ville bourguignonne s'il en fut, contrefaisant le commerce de Dinant, c'est-à-dire faisant pour la chaudronnerie ce que les libraires belges firent si longtemps pour notre littérature.

En 1321, Bouvignes, curieuse de voir ce qui se passait chez sa voisine, bâtit sa tour de Crève-Cœur.

Dinant ne voulut point être en reste, et dressa sa tour de Montorgueil.

Bouvignes, voyant Dinant qui se révoltait, se mit à planter des pieux dans la Meuse pour faciliter le passage au comte de Charolais quand il en serait là.

Dinant, apprenant que Louis XI venait de battre

le comte de Charolais à Montlhéry, — la nouvelle, on s'en souvient, avait été apportée ainsi, — sortit, ayant à sa tête un de ces loustics comme il y en a toujours dans les villes de travail ; cet homme, qui se nommait Conard le Chanteur, traînait un mannequin aux armes du comte de Charolais, et l'alla pendre à une croix de saint André, la croix de Bourgogne ; puis tirant une clochette de vache qu'il avait attachée au cou du mannequin, il se mit à crier :

— Eh ! larrons, n'entendez-vous pas votre comte de Charolais qui vous appelle? Venez ! venez ! le roi le fera pendre, comme vous voyez. Il est vrai que cela doit vous être égal, attendu qu'il n'est point votre duc, mais un mauvais bâtard, fils de notre évêque d'Hainsberg.

De leur côté, ceux de Bouvignes mirent un mannequin de Louis XI dans une grosse bombarde et l'envoyèrent dans Dinant avec la corde au cou.

Mais, sur ces entrefaites, la vérité se fait jour

touchant la bataille de Montlhéry; on apprend que personne ne l'a gagnée, que le roi est dans Paris et que le comte assiége cette ville avec les princes.

Grande terreur à Liége et à Dinant! tout le monde y crie la paix; les deux villes envoient des députés à Bruxelles pour la demander au duc.

Le 13 novembre, Dinant est instruit que le comte de Charolais embarque son artillerie à Mézières pour lui faire descendre la Meuse. Alors, Dinant appelle Liége à son secours.

De dures paroles avaient été prononcées : on avait appelé le comte *bâtard et fils de prêtre;* ces paroles rejaillissaient au visage de sa mère; la prude Portugaise, qui avait du sang de Lancastre dans les veines, fit serment que, dût-il lui en coûter tout ce qu'elle possédait, elle ferait ruiner la ville insolente. — Le comte n'était point bâtard; mais il était petit-fils de bâtard; le comte, fils du fondateur de la Toison d'Or et devant en être grand maître lui-même, n'eût pas pu être simple chevalier de Malte.

Le vieux Philippe, de son côté, tout échauffé par la duchesse, écrivait à Charles de revenir de France, le menaçant de l'indignation paternelle s'il n'accourait pas au plus vite.

Mais le mot de bâtard avait été loin : sous les murs de Paris, le comte en avait été atteint au cœur, et il revenait assez courroucé pour n'avoir pas besoin d'être excité ni par son père ni par sa mère.

Le jeune prince voulait s'abattre droit sur Dinant ; ses conseillers, — il en avait encore, et, tant que vécut son père, il les écouta — ses conseillers lui firent comprendre qu'il fallait d'abord en finir avec Liége. Liége pris, réduit ou pacifié, on s'en donnerait avec Dinant, comme le chat avec la souris.

Déjà, on négociait avec Liége; mais une chose empêchait les négociations d'aboutir : Liége ne voulait point abandonner Dinant, tandis qu'au contraire, le comte serait coulant avec Liége si on voulait mettre Dinant à sa merci.

Le 29 novembre, au bruit des pas de l'armée bourguignonne, Liége promettait encore secours à Dinant.

Quant à Dinant, elle avait le vertige de la terreur ; elle attendait ce secours de Liége, le secours ne venait pas.

C'est que le haut commerce de Liége avait cela de commun avec le haut commerce de tous les pays, qu'il voulait la paix coûte que coûte, même au prix de l'honneur.

Les notables obtinrent des pouvoirs pour aller trouver le comte.

On leur recommanda Dinant.

— Soyez tranquilles ! répondirent-ils.

Sans doute les conseillers du comte, les Raulin, les Humbercourt, les Hugonnet, les Carondelet avaient-ils bien prêché et admonesté Charles le Terrible ; car les députés, qui tremblaient fort au moment d'être introduits en sa présence, le trouvèrent calme, presque doux.

Il les fit dîner ; puis, pour leur dessert, il les mena voir son armée : vingt-huit mille cavaliers couverts d'or, d'argent, de fer, sans compter les piétons.

Les députés se regardaient pâlissant, et étaient près de tomber à genoux et de se rendre à merci.

Le duc sourit.

– J'ai toujours eu bon cœur pour les Liégeois, dit-il ; la paix faite, je l'aurai encore ; seulement, vous avez dit que tous mes hommes avaient été tués en France : j'ai voulu vous en montrer les restes.

Après cette revue, les députés n'avaient plus qu'à signer la paix : c'est ce qu'ils firent. *La piteuse paix de Liége*, tel fut le nom donné au traité, et il méritait bien ce nom.

Liége faisait amende honorable.

Liége bâtissait une chapelle en mémoire perpétuelle de son repentir et de sa soumission ; — Liége reconnaissait à tout jamais le duc et ses hoirs comme avoués de la ville, c'est-à-dire qu'elle leur donnait l'épée seigneuriale; — Liége renonçait à avoir la haute juridiction sur ses voisins, et la cour de l'évêché, elle, n'avait plus ni anneau, ni perron; — Liége s'obligeait à payer au duc trois cent quatre-vingt-dix mille florins, au comte cent quatre-vingt-dix mille ; —Liége renonçait à l'alliance du roi Louis XI, et livrait ses lettres et traités ; il renonçait à fortifier le Liégeois, surtout du côté du Hainaut : le duc passerait et repasserait la Meuse quand il voudrait; à chaque aller et retour, on lui devrait des vivres.

Moyennant quoi, il y aurait paix entre le duc et tout le Liégeois, excepté Dinant; entre le comte et tout le Liégeois, excepté Dinant.

Cette exception promettait à Dinant un triste avenir.

Le traité fut signé à ces conditions; mais restait le plus difficile : le faire accepter des Liégeois.

Au nombre des notables qui l'avaient signé, était un bon bourgeois fort aimé du peuple, nommé Gilles de Mès; c'était un vieil ami du roi Charles VII, fait chevalier par Louis XI, et qui, le premier, avait donné le signal du mouvement contre l'évêque. Ce fut lui qui se chargea d'annoncer la nouvelle à ses ooncitoyens.

Il avait arrangé son petit discours d'avance.

— La paix est faite, dit-il. Nous ne livrons personne ; seulement quelques-uns s'absenteront pour un peu de temps ; je pars avec eux, et que je ne revienne jamais, s'ils ne reviennent !

— Et Dinant ? et Dinant ? crièrent toutes les voix.

— Dinant pourrait avoir la paix, répondit Gilles de Mès ; c'est lui qui n'en veut pas.

Le mensonge était flagrant ; aussi n'y eut-il qu'un cri :

— Ah! traître !... ah ! vendeur de sang chrétien !...

On se jeta sur Gilles de Mès, et on le livra à l'avoué de la ville, encore en fonctions.

Celui-ci, devant la colère du peuple, ne put faire autrement que de condamner à mort.

Gilles de Mès ne s'était pas attendu à cette récompense.

— Bonnes gens, dit-il en se tournant vers les assistants, ne me tuez pas ! Laissez-moi vivre, soit dans un couvent, soit dans une prison. Je donnerai cent florins du Rhin pour chaque métier.

L'avoué lui-même, qui l'avait condamné, pria pour lui.

— Bonnes gens, continua Gilles de Mès, laissez-moi vivre, je vous en supplie, et je referai à mes dépens les canons que vous avez perdus.

Mais un des bourgmestres cria durement :

— Allons, qu'on en finisse avec cet homme, qui a vendu les franchises de la cité !

Le coupable eut beau prier, supplier, le bourreau

le décolla de trois coups de hache, car la main lui tremblait.

Puis Liége baissa la tête et accepta la piteuse paix.

XI

LE SAC DE DINANT

Pourtant, cette belle armée que le comte avait montrée aux Liégeois avait plus d'apparence que de solidité ; depuis longtemps personne n'y était plus payé. On venait de souffrir énormément pendant la campagne de France, et chacun avait hâte de rentrer chez soi.

Aussi, la paix signée, le comte de Charolais crut-il devoir ajourner ses projets contre Dinant. Il réunit son armée, passa de rang en rang, remercia chaque capitaine et chaque homme d'armes de leurs bons services, les priant de l'excuser de leur avoir si mal payé leur solde et promettant qu'avec l'aide de Dieu une autre fois il serait plus exact.

Il donnait rendez-vous à tout son monde pour le mois de juin, époque à laquelle il avait fixé sa campagne contre Dinant.

Or, pendant ces six mois, les Liégeois, voyant que le comte avait été forcé de licencier son armée, reprirent peu à peu espoir et courage. Le traité n'avait été exécuté en aucun point, sauf celui de l'amende honorable, qui s'était faite à Bruxelles, sur la place de l'Hôtel-de-Ville, le vieux duc étant au balcon.

L'un des envoyés de la ville noire osa dire alors :

— Monseigneur, faites qu'il y ait bonne paix spécialement entre le seigneur Charles et les gens de Dinant.

Le chancelier répondit :

— Monseigneur accepte la soumission de ceux qui se présentent. Contre ceux qui font défaut, il maintiendra son droit.

Mais, pour maintenir ce droit, il fallait une armée et celle du comte Charles était licenciée.

Il n'en était point ainsi de ces bannis, de ces outlaw, de ces enfants de la *verte tente* enfin, qui, de bannis, s'étaient faits bandits et désolaient et pillaient les domaines du duc.

Quoique le comte eût assigné le rendez-vous au 1er juin, juillet était arrivé sans que l'armée se réunît. La duchesse, qui avait gardé contre les gens de Dinant une rancune de dévote, en était furieuse; elle accusait son fils de ne pas soutenir l'honneur maternel, et trouvait qu'il digérait trop facilement la qualification de bâtard.

Elle monta la tête au vieux duc.

Un jour qu'il était de mauvaise humeur pour avoir mal dîné :

— Mes gens partent-ils enfin ? demanda Philippe le Bon aux seigneurs qui se trouvaient là.

— Monseigneur, répondirent ceux-ci, petite est

l'apparence! L'an dernier, ils ont été si mal payés, qu'ils sont à peine vêtus, et que les capitaines ne peuvent se mettre en campagne sans habiller à neuf tout leur monde.

A ces mots, le duc entra dans une colère terrible.

— Qu'est-ce à dire? s'écria-t-il en poussant la table si violemment, qu'il la renversa. J'ai tiré de mon trésor deux cent mille écus d'or, et mes gens d'armes ne sont pas payés! Je ne puis donc me fier à personne?

Alors, ses yeux s'égarèrent, ses lèvres se tordirent convulsivement; il tomba dans une de ces attaques d'apoplexie auxquelles il était sujet, mais si grave cette fois qu'on le crut mort.

Cependant, il en revint, et le comte Charles résolut de ne point différer davantage sa vengeance.

Il est vrai qu'en revenant à lui, le vieux duc avait fait publier que chacun fût prêt dans quinze jours, sous peine de la hart. Le comte Charles était chargé de surveiller les pendaisons.

Tout le monde vint. On comprenait que cette guerre-là était une guerre de haine ; que le duc et son fils avaient une injure personnelle à venger, et qu'il fallait se garder avant toute chose de se mettre entre leur colère et leur vengeance.

Il y eut trente mille hommes sous les armes.

Personne n'osa hasarder cette observation, que l'on allait punir toute une ville pour la faute de quelques polissons qui s'étaient amusés à faire une mascarade de mauvais goût.

Il était évident que les maîtres des métiers, les bourgeois, les notables n'étaient pour rien dans la farce, jouée, selon toute probabilité, par des compagnons et des apprentis ; peut-être même ces apprentis, ces compagnons n'étaient-ils plus dans la ville.

Ni le duc ni le comte ne songèrent à tout cela :

leur armée prête, ils marchèrent contre Dinant. Le duc, malgré le triste état où il se trouvait encore, avait voulu être de l'expédition. Quant au comte, il était frénétique, et cette frénésie le rendait dur, emporté, brutal ; il frappait de son bâton ceux qui n'obéissaient pas aussitôt à l'ordre donné, menaçait à chaque instant de la peine de mort ceux qui lui déplaisaient, et, dans la revue qui avait précédé le départ, il avait tué de sa main un archer qui n'était pas vêtu selon l'ordonnance.

Mais Dinant, de son côté, était terriblement défendu.

Défendu, d'abord, par ses murailles de neuf pieds d'épaisseur et par ses quatre-vingts tours. Dix-sept fois, Dinant avait été assiégé par des comtes, par des rois et même par des empereurs ; jamais Dinant n'avait été pris.

Puis les Liégeois avaient promis quatre mille hommes à la ville ; et tous les bannis (lire tous les bandits) du pays, y compris les compagnons de la verte tente, lui étaient venus offrir leurs services.

Ne pensant pas qu'ils pussent avoir trop de bras, les Dinantais avaient accepté tout le monde.

Le lundi 18 août 1466, l'attaque commença. Le sire de Hagenbach dirigeait l'artillerie, et il la dirigea si bien, que, dès le même jour, la moitié des faubourgs furent abattus.

Les hérauts de Bourgogne vinrent sommer les assiégés de se rendre ; mais eux, plus insolents que jamais :

— Quelle fantaisie, répondirent-ils, a donc pris à votre vieille momie de duc de venir mourir ici? N'a-t-il donc tant vécu que pour finir de malemort? Et votre comte Charlottet, que fait-il sous nos murailles? Que ne retourne-t-il à Montlhéry combattre le noble roi de France, qui nous va venir secourir avec nos amis de Liége? Il croit nous prendre, maître Charlottet; mais, pour mordre sur Dinant, il faut autre bec et autres griffes que les siens.

Cependant les assiégés comprirent bientôt qu'il ne fallait attendre de secours de personne : le roi de France, comme nous le verrons tout à l'heure, avait bien autre chose à faire que de venir à leur aide, et, pour la seconde fois, Liége, dominée par ses notables, manquait à la parole donnée.

D'ailleurs, le siége marchait avec une diligence inouïe.

Le 18, comme nous l'avons dit, les faubourgs avaient été rasés.

Le 19, les canons battirent les murs presque à bout portant.

Le 20 et le 21, ils ouvrirent une large brèche, si large, que, le 22 ou le 23, on eût pu tenter l'assaut; mais le vieux duc, voyant les assiégés si acharnés, voulut attendre : leur exaspération pouvait faire de l'assaut une boucherie.

Pendant ce répit que lui laissait le duc, Dinant

écrivit à Liége, criant *De profundis* comme le mourant crie à Dieu.

Les Liégeois eurent honte : ils décidèrent que, malgré leurs magistrats, ils se mettraient en route le 26.

Mais, tandis que le peuple se battait sur les murailles de Dinant, les bourgeois de la ville, dès le 22, demandaient grâce.

Mal accueillis dans leur première démarche, ils renvoyaient, le 24, une seconde ambassade.

Cette fois, le duc fit semblant de prêter l'oreille. On disait que le peuple de Liége tout entier allait sortir de ses murailles et venir au secours de Dinant.

A cette lueur de clémence, la bourgeoisie bondit de joie ; c'était le lendemain de la Saint-Louis (25 août) : le duc ne pouvait manquer de faire grâce dans un pareil jour.

On résolut donc de s'en remettre à la miséricorde du bon duc.

La nuit venue, Dinant ouvrit ses portes, afin que

tous ceux qui n'avaient point trop grande confiance dans cette miséricorde pussent aller chercher le refuge de la plaine et de la forêt.

Le 25 au matin, le duc sut que la ville était à lui et qu'il y pouvait pénétrer quand il voudrait. En conséquence, dès le soir de ce même jour, il la fit occuper par une partie de ses troupes.

Le lendemain, à midi, le comte de Charolais fit son entrée. Par dérision, sans doute, il était entouré de fous et de baladins jouant, les uns de la flûte, les autres du tambour de basque.

Ordre formel avait été donné aux soldats bourguignons de respecter les propriétés, de ne maltraiter personne, de ne rien prendre à qui que ce fût et de ne recevoir que des vivres. Trois archers qui entraînaient un femme vers un bois, furent pris et pendus au gibet de la ville.

Le duc avait d'abord voulu entrer avec son fils; mais on lui avait fait observer que, du moment où il ne voulait pas user de clémence, il était impossible qu'il se montrât.

Et, cependant, les ordres donnés par le comte laissaient quelque espoir aux vaincus.

Le jour de son entrée, Charles, sous prétexte de les soustraire à la fureur de la soldatesque, avait enjoint que les prêtres, les femmes et les enfants fussent réunis dans les églises.

Le lendemain, une escorte les alla prendre dès le matin, et les conduisit hors de la ville.

C'était un triste cortége et qui fendait le cœur aux Bourguignons eux-mêmes. Quand ces malheureuses femmes et les pauvres enfants surent qu'on les emmenait et qu'ils laissaient à la justice ou plutôt à la vengeance du comte leurs pères et leurs maris, ils poussèrent des sanglots à attendrir les pierres du chemin, et, en quittant la ville condamnée, cette mère qu'ils ne devaient plus revoir, ils jetèrent des cris si douloureux, si lamentables, si prolongés, que tous les cœurs en saignèrent comme d'une blessure.

La ville resta trois jours sans que le vainqueur parût rien décider.

Les yeux tournés du côté de Liége, Charles regardait, comme sœur Anne, s'il ne voyait rien venir: il ne voulait pas que les Liégeois le surprissent au milieu du meurtre et du pillage.

Le mercredi 27, le duc tint conseil à Bouvignes. Le résultat de la délibération fut que Dinant serait anéanti.

Trois jours lui étaient accordés encore.

Le jeudi et le vendredi, il serait pillé; brûlé le samedi; puis ses cendres seraient dispersées, jetées au vent.

Le bon duc aurait, en outre, sa justice, c'est-à-dire la faculté de pendre et de noyer qui bon lui semblerait.

On pendit et on noya huit cents personnes!

Pendant ce temps, les soldats pillaient la ville, et les capitaines pillaient les soldats.

Le samedi, on n'eut pas besoin de mettre le feu : dès le vendredi 29, à une heure de la nuit, le feu avait pris au logis du comte de Clèves, neveu du duc. L'incendie gagna avec une telle rapidité, que l'on ne put sauver les trésors du clergé ni faire sortir les riches prisonniers enfermés dans les églises. Tout fut brûlé; quatre tours tenaient encore et ne s'étaient point rendues : elles s'écroulèrent sur ceux qui les défendaient. Le feu couvrit la ville comme une inondation de flammes, comme une marée dont la fumée était l'écume; puis, quand tout fut dévoré, qu'il ne resta plus que des ruines, que des débris calcinés, on appela les gens de Bouvignes afin de niveler tout cela. On les payait à tant la journée pour cette besogne, que de grand cœur ils eussent faite pour rien.

Le chroniqueur de Liége, Adrien de Vieux-Bois, vint voir cette destruction; et, de ce qui avait été une des villes les plus florissantes du pays wallon, il ne retrouva d'entier qu'un autel de Saint-Laurent, et qu'une très-belle image de Notre-Dame, restée seule au portail de son église.

Et les pauvres femmes que l'on avait fait sortir de la ville avec les enfants, que devinrent-elles lorsque leurs pères et leurs maris furent pendus ou noyés, leurs maisons brûlées et émiettées ?

Jean de Troyes va nous le dire avec sa naïveté terrible :

« Et, à cause de cette destruction, les pauvres habitants furent réduits à mendier, et aucunes jeunes femmes et filles abandonnées à tous vices et à tout péché pour gagner et soutenir leur vie. »

Ah ! bon duc ! ah ! bonne duchesse de Bourgogne ! en supposant que Dieu ne vous ait pas demandé compte des morts, j'ai bien peine à croire qu'il ne vous ait point demandé compte des vivants !

Quant au comte de Charolais, on ne l'a jamais appelé le *bon duc :* les contemporains l'appelaient *le Terrible;* la postérité l'appelle *le Téméraire;* l'histoire, un jour, l'appellera l'*Idiot*.

XII

OU LA BONNE NOTRE-DAME EXAUCE LE ROI LOUIS XI

Revenons au bon roi Louis XI.

Nous l'avons laissé allant en pèlerinage à Notre-Dame de Cléry et disant au duc de Bourbon : « Je vois bien qu'il me faudra reprendre à mon frère le duché de Normandie, qui est une cause de brouille entre lui et le duc de Bretagne. »

Et, en effet, il était urgent de reprendre ce duché.

Cependant, l'investiture s'était faite dans toutes les formes.

L'épée était tenue par le comte de Tancarville, connétable héréditai de Normandie; l'étendard était porté par le comte d'Harcourt, maréchal héréditai de la même province; enfin, l'anneau ducal qui fiançait le prince avec la Normandie lui avait été passé au doigt par Thomas Bazin, évêque de Lisieux.

Mais le roi avait dit en apprenant cette dernière cérémonie :

— Bon! mon frère Charles n'est que fiancé : peut-être arriverons-nous avant la consommation du mariage.

Louis XI était comme tous les gens d'esprit : il ne pouvait s'empêcher de faire des mots, et souvent un bon mot le consolait d'une mauvaise affaire.

Voici d'où étaient venus ces premiers dissentiments entre le duc de Bretagne et le duc de Normandie, dissentiments dont nous avons vu le roi toucher un mot au duc de Bourbon.

Le duc de Bretagne avait voulu conduire à Rouen le duc de Normandie; Tannegui du Châtel s'y opposait, et il avait bien raison : au moment d'entrer à Rouen, Bretons et Normands étaient en querelle.

Le duc de Bretagne se flattait de tenir son cousin en tutelle; celui-ci, qui recevait hommage du duc de Bretagne, voulait, au contraire, lui commander comme un souverain.

Puis, de même que les maîtres se disputaient la prééminence, les serviteurs se disputaient les charges.

Les deux princes, ne pouvant s'entendre sur l'entrée à Rouen, restèrent à Sainte-Catherine.

Bientôt le bruit se répandit que le duc de Normandie, une fois arrivé à Rouen, devait faire arrêter le duc de Bretagne et le livrer au roi.

Même chose était dite par les Normands à l'endroit de leur duc.

Le sire d'Harcourt, qu'il crût ou non à ce bruit, s'en alla dire à l'hôtel de ville de Rouen que monseigneur Charles n'était point en sûreté avec les Bretons.

Toute la ville courut aux armes; les bourgeois,

conduits par le sire d'Harcourt, s'élancèrent hors des murs et ne s'arrêtèrent qu'à Sainte-Catherine. On s'empara de force du nouveau duc; on le hissa, vêtu de sa robe noire, sur un cheval sans housse, et on lui fit faire ainsi son entrée dans la ville.

Le duc de Bretagne, furieux, se retira chez lui avec ses gens, et, tout en se retirant, pilla tant soit peu les villes par lesquelles il passait.

Qui était cause de tous ces troubles? qui suscitait tous ces malentendus?

Faut-il faire à nos lecteurs cette injure de croire qu'ils ne l'ont pas deviné?

Le roi s'avançait toujours pour faire son pèlerinage.

A Caen, il rencontra le duc de Bretagne, qui s'en retournait tout mal content; il lui fit de grandes amitiés, donna cent fois tort à son frère, s'engagea à défendre monsieur de Bretagne envers et contre tous, fit des tendresses sans nombre à Dunois, au sire de Lohéac, au comte de Dammartin, à tous les familiers du duc de Bretagne, promettant de ne jamais pardonner aux d'Harcourt, aux de Bueil, enfin aux créatures du duc de Normandie.

Mais, comme, malgré ses belles paroles, le duc de Bretagne paraissait douter, le roi lui acheta sa neutralité.

Combien ?

Cent vingt mille écus d'or, rien que cela ; mais qu'étaient cent vingt mille écus d'or près de la Normandie ?

D'un autre côté, le duc de Bourbon, qui avait fait le duc de Normandie, eut, pour le défaire, la lieutenance de tout le Midi ; en raison de quoi, Louis XI le mit à la tête de ses troupes, l'emmena avec lui et le chargea de se faire rendre les clefs des villes qu'il lui avait enlevées.

Le duc de Bourbon, ayant toujours le roi derrière lui, prit successivement Évreux, Vernon, Louviers, tandis que le comte de Melun, qui comprenait la nécessité de faire sa paix avec le roi, reprenait Gisors et Gournay.

Le pauvre duc de Normandie n'avait plus que Rouen. Il écrivait lettres sur lettres au comte de Charolais ; mais le comte de Charolais étant occupé à brûler Dinant, et ne lui répondant pas, il fut obligé de quitter Rouen, et se réfugia à Honfleur. Là, il voulut s'embarquer furtivement pour la Flandre; mais le malheureux prince avait tout contre lui, même le vent : il fut rejeté à la côte, et, ne craignant rien tant que son bon frère Louis, il alla se mettre à la merci du duc de Bretagne, qui lui donna pour résidence son château de l'Hermine, près de Vannes.

Pendant ce temps, le roi entrait à Rouen. Ceux qui avaient tant pressé son frère d'y entrer venaient le trouver à son tour, lui demandant indulgence.

Mais lui :

— Vous n'en avez pas besoin, disait-il. Obéir à mon frère, c'était m'obéir à moi-même, puisque je l'avais nommé votre duc. Mais la charge était trop forte pour un si faible esprit. La faute commise est donc mienne et non point vôtre.

Toutefois, dès cette époque, Louis XI était déjà suivi, dans ses voyages, de son grand prévôt Tristan, homme très-intelligent, auquel le roi n'avait qu'un signe à faire, et qui comprenait à l'instant même. La nuit venue, la personne désignée par ce signe était prise sans bruit, bâillonnée, mise dans un sac et jetée à la rivière. Le lendemain cette personne manquait; elle avait disparu, elle ne reparaissait point, voilà tout.

La Normandie coûtait cher: elle coûtait une lâcheté, l'abandon de Dinant.

La Normandie prise, le comte de Charolais s'effraya; le roi courtisait Saint-Pol: c'était comme si le roi eût dit: « Prenez-garde, mon cousin! après la Normandie, la Picardie! »

Cependant, le comte avait toute confiance en Saint-Pol, qui venait de lui donner un rude coup de main contre Dinant.

Saint-Pol, en effet, était bien connétable du roi de France; mais rien de plus. Il était l'ami d'enfance, l'ami d'armes du comte de Charolais; il avait tout son bien en Bourgogne, et un fils d'un premier mariage qui vivait à la cour du duc.

Par où prendre un pareil homme?

Saint-Pol était amoureux! amoureux de cœur, où plutôt d'ambition, de la belle-sœur du duc de Bourgogne, de la sœur du duc de Bourbon; il était amoureux de la haute alliance, de la royale parenté; il s'adressait au comte de Charolais, qui lui faisait remarquer que la dame n'avait que vingt ans, tandis que lui, Saint-Pol, en avait soixante.

Celui-ci répondait:

— Vous êtes bien fiancé, à trente et un ans, à la fille du roi de France, qui n'en a que trois!

Le roi profita du moment ; il fit un signe à Saint-Pol.

— Vous voulez vous marier? vous voulez une haute alliance? lui dit-il. J'ai tout cela à votre disposition, non-seulement pour vous, mais encore pour votre fils, non-seulement pour votre fils, mais encore pour votre fille. Je vous donne, à vous et à votre fils, mes deux nièces de Savoie, et votre fille épousera leur frère. De cette façon, vous et votre fils serez mes neveux, votre fille ma nièce. Ce n'est point assez : vous aurez la succession de mon oncle le comte d'Eu. Encore: vous aurez Guise. Encore: vous serez gouverneur de Rouen.

Du coup, Saint-Pol céda.

Saint-Pol acquis, il fallait acquérir le duc et le bâtard de Bourbon.

Le roi donna ; — il savait si bien reprendre !

Il fit le bâtard amiral de France et lui donna une de ses filles naturelles. Un bâtard ne pouvait pas demander davantage.

Ces Bourbons étaient fort remuants, mais sans comparaison avec leurs descendants, qui eurent depuis dans les veines le sang des d'Albret, des Foix et des Gonzague; ils ne portaient point encore dans leurs armes cette fameuse épée en pal du connétable, avec l'ambitieuse devise *Penetrabit!* Il est vrai qu'il y avait déjà le mot de Louis II faisant bâtir sa fameuse tour de Bourbon l'Archambault: « Qui qu'en grogne, c'est mon plaisir! »

En somme, Jean de Bourbon n'avait point d'enfants à l'avenir desquels il dût songer; s'il en avait, on aviserait.

D'ailleurs, la puissance du duc de Bourbon était faite de pièces et de morceaux; son duché était faufilé, pas même cousu: Berry, Auvergne, Beaujolais, Forez, Sologne, Orléanais, Velay, Vivarais, Limousin, Périgord, Quercy, Rouergue. Le roi lui donna le tiers du royaume, mais il n'y avait aucun lien entre toutes ces provinces; une seule, comme la

Bretagne ou la Normandie, était bien autrement à craindre : c'était non-seulement une province, mais une race ! Tandis qu'au contraire, le duché de Bourbon, tel que le faisait le roi, n'avait aucune cohésion ; on pouvait faire battre Berry contre Bourbonnais, Sologne contre Auvergne, Limousin contre Forez.

Seulement, le roi n'était plus assez riche pour acheter les maisons d'Orléans et d'Anjou.

Il les brouilla, — en mariant le fils de Dunois à une troisième nièce, et faisant du vieux bâtard le président de la fameuse commission des trente-six.

Quant à Jean de Calabre, il avait en ce moment des visées en Espagne : les Catalans lui offraient le trône d'Aragon.

Louis XI lui envoya vingt mille écus, et lui en fit offrir cent mille pour aller réclamer du duc de Bretagne son frère le duc de Berry.

Il y avait bien encore la Bastille qui tracassait le roi ; il ne voulait pas se brouiller avec Charles de

Melun tant que son père tiendrait la Bastille; mais il arriva qu'un jour, vers la fin de mai 1466, maître Jehan le Prévôt, notaire et secrétaire du roi, « entra dedans la Bastille Saint-Antoine par *moyens subtils*, et mit dehors le gouverneur. »

Ces moyens subtils, quels étaient-ils? Le chroniqueur ne le dit pas.

Mais le roi put se brouiller avec Charles de Melun, lui ôter ses offices et le mettre en prison.

Ah! le roi commençait à respirer.

Il avait Saint-Pol pour connétable, il avait le duc de Bourbon pour lieutenant, il avait le duc de Bretagne pour geôlier, il avait Dunois pour président de sa commission des trente-six, et le duc de Calabre pour sergent royal. Avec cela, il pouvait se moquer du comte de Charolais et le mettre au défi de recommencer la guerre du Bien public.

Le comte de Charolais apprit toutes ces nouvelles coup sur coup: il en devint comme enragé. Nous avons vu sur qui tomba cette rage: sur la pauvre ville de Dinant.

Alors, il établit à Bruges une espèce de congrès pour aviser aux moyens de faire la guerre au roi de France.

Des ambassadeurs du duc de Bretagne, du duc de Berry, du duc de Calabre, du duc de Bourbon et du connétable s'y trouvèrent.

Ces trois derniers venaient-ils pour représenter leur maître ou pour espionner le comte ?

On espérait prendre Louis par la Savoie. Le vieux duc était mort ; son fils Amé IX régnait. Il avait épousé madame Yolande de France, sœur du roi ; celle-ci haïssait son frère et s'était faite Savoyarde : entre les deux alliances, Bourgogne et France, elle conseillait à son mari celle de Bourgogne.

On en était là, lorsque Philippe le Bon fut tout à coup saisi d'une nouvelle et violente attaque d'apoplexie.

M. de Charolais était à Gand. Mandé aussitôt par un courrier, il arriva à Bruges vers midi, le 15 juin 1466.

Il ne fit que sauter à bas de son cheval et courir à la chambre du duc.

Le moribond était sans mouvement, presque sans connaissance.

Le comte se jeta à genoux près de son lit, sanglotant et criant :

— Donnez-moi votre bénédiction, mon père, et si je vous ai offensé, pardonnez-moi !

Le confesseur du duc était à son chevet.

— Monseigneur, dit-il, s'il vous reste quelque connaissance, si vous entendez la prière de votre fils, témoignez-en par quelques signes.

Alors le mourant fit un effort, tourna l'œil vers le comte et sembla lui serrer faiblement la main. Ce fut tout ce que le comte en put tirer.

Le soir, entre neuf et dix heures, Philippe le Bon rendit le dernier soupir.

De cette mort, toute prévue qu'elle était, le comte sembla devenir fou. Cet homme aux passions indomptées semblait vouloir tout vaincre, même la mort! Il se précipita sur le lit, se tordant les mains, hurlant de désespoir. Rien ne le put calmer que sa douleur même, qui s'épuisait par son excès. Durant plusieurs jours, il ne pouvait, sans fondre en larmes, rencontrer un serviteur ayant appartenu à son père.

Les obsèques eurent lieu le dimanche 21 juin. Elles furent splendides.

Philippe le Bon laissait à son fils des trésors immenses et auxquels celui-ci était bien loin de s'attendre.

Le vieux duc avait soixante et douze ans; il avait régné juste un demi-siècle. Trois fois il avait été marié : la première fois, à madame Michelle, fille du roi Charles VI; la seconde, à Bonne d'Artois, fille du comte d'Eu; la troisième, à Isabelle de Portugal, dont il avait eu trois enfants : Jodoc et Antoine, qui moururent en bas âge, et le duc Charles, qui lui succédait et dans la personne duquel devait s'éteindre la descendance mâle de la seconde maison de Bourgogne.

XIII

LA CUEILLOTTE

A cette mort du vieux duc, son successeur acquérait non-seulement, comme nous l'avons dit, des richesses immenses, mais encore ce qu'il attendait avec une bien autre impatience que tous les trésors de la terre, l'exercice libre et entier de sa volonté.

Il est vrai que, depuis un an ou deux, Philippe le Bon n'était plus qu'un fantôme; pourtant arrivait-il parfois que le fantôme se plaçait entre son fils et le but que poursuivait le jeune prince.

Charles le Terrible allait donc désormais allier ces deux mots : vouloir et pouvoir.

Son grand ennemi, son ennemi réel, le seul qu'il eût véritablement à craindre, était le roi de France, Louis le Rusé.

Celui-ci, par malheur pour Charles, était le mieux nommé des deux.

En effet, quels exploits avait jusqu'alors accomplis Charles le Terrible pour mériter ce surnom ? Enfant, il avait assisté à la bataille de Gavre contre les Gantois; plus tard, il avait commandé à l'escarmouche de Montlhéry : — le combat de Montlhéry n'avait guère été autre chose qu'une escarmouche. — Enfin, il avait organisé le sac de Dinant... Ah ! quant à cela, on ne pouvait pas le contester : c'était un sac dans toutes les formes; rien n'y avait manqué, ni incendie, ni pillage, ni massacre, et les morts, du haut de leurs gibets, avaient pu voir égorger les vivants.

Après tout, à cette époque, où la langue française en était encore à sa genèse, Charles le Terrible ne voulait peut-être pas dire Charles le Courageux : cela signifiait peut-être Charles le Cruel.

Sous ce rapport, le nouveau duc méritait son surnom.

Mais, avant de tourner sérieusement les yeux du côté du roi de France, le duc Charles avait une espèce de devoir seigneurial à accomplir : c'était de faire son entrée dans sa bonne ville de Gand.

Il existe dans je ne sais quelle bibliothèque de Flandre une histoire des cent vingt révoltes de la très-fidèle ville de Gand.

La ville de Gand était bonne comme elle était fidèle.

Et pourquoi eût-elle été bonne et fidèle envers ceux qui étaient cruels et parjures pour elle!

Le nouveau duc se croyait, lui, fort aimé des Gantois. Un jour qu'il se vantait de cet amour devant son père, celui-ci secoua la tête.

— Les Gantois aiment toujours le fils de leur seigneur, dit-il ; mais leur seigneur, jamais !

Le conseil du jeune duc, ces hommes prudents dont nous avons déjà eu plusieurs fois l'occasion d'enregistrer les noms, ne permirent donc pas que le nouveau souverain fit son entrée dans sa bonne ville sans s'être assuré des dispositions des habitants.

Ils crurent arriver à ce but en interrogeant les députés que les Gantois envoyaient pour féliciter le duc Charles.

Mais, dès cette époque, les hommes politiques faisaient déjà cette même faute qui a perdu, depuis, tant d'hommes politiques : c'est d'interroger la classe riche sur les dispositions du peuple.

Les riches, étant contents, croient toujours que les pauvres le sont.

Les députés que Gand avait envoyés étaient choisis parmi les notables ; ceux-là vivaient dans les bonnes grâces des autorités bourguignonnes; placés au sommet de l'échelle sociale, ils ignoraient ce qui se passait aux derniers degrés. Ils assurèrent donc au conseil du duc que monseigneur Charles comblerait les vœux de sa bonne ville en venant faire visite à ses habitants.

Mais surtout ils recommandèrent, ces bons riches, ces chers notables, que l'on n'eût, sous aucun prétexte, à abolir l'impôt de la cueillotte si l'on ne voulait pas relever l'orgueil des Gantois.

Qu'était-ce que cet impôt de la cueillotte qu'il fallait bien se garder d'abolir?

Nous allons vous expliquer cela, chers lecteurs.

Il y eut une année en Sicile où des nuées de sauterelles, apportées des côtes d'Afrique sur les ailes du simoun, vinrent s'abattre sur l'île en telle quantité, que le roi Ferdinand créa un impôt intitulé l'impôt des sauterelles.

Cet impôt était destiné à payer des hommes chargés de la destruction de ces insectes.

On ne paya point les hommes : les sauterelles moururent de leur belle mort. Jamais il n'en revint; mais l'impôt existe toujours.

Il en était à peu près de même de l'impôt de la cueillotte.

L'impôt de la cueillotte avait été créé pour payer l'amende à laquelle Gand avait été condamné ; l'amende était acquittée depuis longtemps, si exorbitante qu'elle fût, et l'impôt existait toujours.

Il est vrai que l'impôt enrichissait les magistrats, les gouverneurs et les conseillers du bon duc Philippe.

Le duc Charles partit donc pour Gand plein de confiance.

A moitié chemin, il fallut s'arrêter pour deux raisons : la première, afin de donner aux Gantois le temps de terminer leurs préparatifs ; la seconde, pour écouter la supplique des bannis.

Les bannis comptaient bien, en vertu du nouvel avénement, rentrer chez eux ; mais, si c'était chose facile de sortir d'une ville, c'était chose difficile d'y rentrer.

Le bannissement ne se faisait pas sans confiscation; or, les confiscations profitaient aux ennemis des bannis, et, quand les bannis rentraient, ils se retrouvaient face à face avec ceux qui occupaient leurs maisons ou qui détenaient leurs biens.

De là les haines, et, dans les émeutes et les révoltes, les représailles et les massacres.

« A Rome, dit Tive-Live, jamais la terreur n'était si grande que lorsqu'on parlait du retour des bannis. »

Il y eut quelque chose de pareil en France au retour des émigrés, en 1814; et les propriétaires de biens nationaux ne furent véritablement rassurés qu'après le vote du milliard d'indemnité.

Ce retour des bannis était donc une grave question à examiner.

Le duc Charles la posa à son conseil; toute une journée se passa à la discuter, et nulle réponse ne fut donnée ce jour-là.

Les proscrits étaient près de trois mille; ils campèrent dans une prairie aux portes de la ville.

Le lendemain, ceux à qui la grâce était accordée reçurent l'autorisation de rentrer avec le duc.

On fit dire à ceux dont le nom ne se trouvait pas sur la liste d'amnistie que le prince aviserait sur leur requête.

Mais il arriva une chose que les conseillers de Charles n'avaient pas prévue : c'est que l'entrée du nouveau duc coïncidait avec la grande fête de saint Liévin.

Liévin était le saint du pays ; il fut martyrisé en 633, au village de Holtheim, à trois lieues de Gand.

Voyez, quand vous irez à Bruxelles, chers lecteurs, un des plus beaux tableaux de Rubens représentant ce martyre : un bourreau donne à un chien la langue du saint évêque ; vous le reconnaîtrez à ce détail.

Or, la fête de saint Liévin avait été autrefois la fête de toute la ville ; riches et pauvres y prenaient part ; mais, peu à peu, les riches, les notables, les magistrats s'étaient retirés de cette fête, qu'ils trouvaient trop bruyante pour des gens comme il faut.

Elle était donc restée une fête pour le menu peuple seulement. Plus elle était descendue, au reste, plus elle était devenue joyeuse, et, en général, on ne l'appelait plus que la fête des fous de saint Liévin.

Tous ces hommes, à moitié ivres, prenaient, à Saint-Bavon, la châsse sur leurs épaules, la transportaient au lieu du martyre du saint; là, ils passaient la nuit, continuant de s'enivrer, et, le lendemain, la foule rapportait la châsse en criant, hurlant, vociférant, renversant tout; c'était aux gens qui se trouvaient sur la route du saint à se déranger; le saint ne se dérangeait pas, lui.

La chose était si bien connue, que, de peur que la fête ne dégénérât en émeute, il était, depuis la paix de Gavre, défendu de paraître en armes à la procession de saint Liévin, et de s'y couvrir d'un haubergeon de fer.

Cette fois, la foire de Holtheim avait été encore plus bruyante et plus arrosée de bière que d'habitude. Toutes les confréries des maçons, des charpentiers, des forgerons, des cordonniers, des tisserands, des foulons, des brasseurs, plus, les apprentis de ces différents métiers s'y étaient portés en masse.

Il y avait, parmi tous ces ouvriers, une effroyable exaspération contre les percepteurs, les notables, les magistrats.

— On entendra parler de nous, criaient-ils; nous allons leur brasser un potage qui sera d'un goût amer et qui coûtera cher à ceux qui le mangeront!

Puis, comme il était évident que ceux auxquels on servirait ce potage ne le mangeraient point sans se défendre, et qu'il était défendu de porter des haubergeons de fer, les plus décidés entre ces fous achetaient des lames de plomb qu'ils faisaient percer et coudre sur leurs épaules, afin d'en faire une espèce de cuirasse; et à ceux qui leur demandaient : « Que faites-vous? » ils répondaient :

— Qu'y a-t-il à dire? Ne sommes-nous pas selon

l'ordonnance? Nous ne portons point de haubergeon de fer. Le fer est défendu, mais pas le plomb.

Puis, s'excitant de plus en plus : — Au reste, ajoutaient-ils, tel qui rit aujourd'hui aura mauvaise nuit. Allons, allons, revenons à Gand ; délivrons la ville de ces larrons maudits qui nous rongent les entrailles et s'engraissent de notre bien sous le nom du prince. Il n'en sait rien, lui ; mais nous l'en instruirons, et nous allons lui en porter la nouvelle.

Vers cinq heures du matin, après une nuit d'orgie, toute cette foule se mit en route pour Gand. Le voyage, coupé de stations faites près de tonneaux de bière défoncés, ne fit que porter l'excitation jusqu'à la folie.

Sombre folie que celle des buveurs de bière !

Le duc avait fait son entrée la veille, et, sans doute poussé au sommeil par les harangues qu'il avait entendues, il dormait tranquillement lorsque toute cette multitude arriva sur la place du Vendredi.

Là, par malheur, se trouvait la baraque du percepteur de la cueillotte.

C'était particulièrement à cette baraque qu'on en voulait, comme si le bureau où l'on percevait l'impôt eût été l'impôt lui-même : pour les gens du peuple, l'objet matériel personnifie presque toujours la chose politique.

— Saint Liévin ne se dérange pas ! crièrent d'une seule voix et les hommes qui portaient la châsse et ceux qui la suivaient.

Et, en un tour de main, en une seconde, comme si le vent du ciel eût soufflé dessus, la baraque fut anéantie.

Puis, à l'instant même, à la place où avait été la baraque, flotta la bannière de la ville.

Et la bannière de la ville n'eût pas plutôt apparu, que de tous côtés surgirent, comme sortant de terre, les bannières des métiers, évidemment faites pour cette occasion, car elles étaient toutes neuves.

Puis, autour des bannières des métiers, les métiers en armes.

Les choses ne se font pas plus rapidement au théâtre, quand le machiniste donne son coup de sifflet et que la décoration change.

Tout ce bruit réveilla le duc; il demanda ce qui se passait, on n'osait le lui dire. Il avait, par malheur, amené avec lui sa fille, orpheline déjà, quoique à peine âgée de quatre ans, — celle qui fut plus tard Marie de Bourgogne.— Il s'émut, non pour lui, mais pour cette enfant, et, vêtu d'une simple robe noire, ayant un bâton pour toute arme, il descendit.

— Par saint Georges! ils me verront de près, s'écria-t-il, et il faudra bien que tous ces manants me disent ce qu'ils demandent.

Le sire de la Gruthuse l'arrêta un instant; mais quand le duc eut vu que ses gentilshommes accouraient des différents quartiers de la ville, que les archers de la garde étaient parvenus à se réunir devant son hôtel, il ne voulut pas attendre plus longtemps. Lui, qui, le vieux duc mort, se trouvait seigneur souverain, lui qui avait eu un instant l'espoir de faire plier sous lui tous les princes de la chrétienté, il commencerait par hésiter devant quelques manants révoltés? Cela n'était pas possible.

Le duc se présenta donc tout à coup devant ce peuple agité et tumultueux comme les flots de la mer du Nord. Il n'était, nous l'avons dit, vêtu que d'une robe, et n'avait à la main qu'un bâton; mais derrière lui étaient ses hommes d'armes, couverts de leurs armures, et ses archers, l'arc tout bandé.

Puis il était facile, à ses sourcils froncés, à son œil flamboyant, à sa physionomie courroucée, de deviner ce qui se passait en lui.

A sa vue, les ouvriers crièrent:

— A vos rangs, amis! à vos rangs!

Et chacun se rangea sous sa bannière, et l'on entendit le manche ferré des piques qui retombait sur le pavé. Le duc alla droit aux révoltés.

— Eh bien, méchantes gens, demanda-t-il, que voulez-vous ?

Et, comme un homme qui se trouvait sur son chemin ne se rangeait pas assez vite, il le frappa de son bâton.

Cet homme avait une pique.

— Ah ! par Notre Seigneur, dit-il, vous m'avez frappé... tout duc que vous êtes, j'en aurai vengeance !

Et il porta au duc un coup de pique.

Mais le sire de Gruthuse se jeta entre cet homme et le duc ; puis, entraînant ce dernier et le forçant de rentrer dans les rangs de ses gens d'armes :

— Quoi ! monseigneur, lui dit-il d'une voix sévère, voulez-vous donc vous faire tuer par ces enragés et nous faire tuer avec vous ? Belle mort, par ma foi, pour un prince et des gentilshommes ! Allons, allons, il faut agir d'autre sorte, les apaiser par un doux langage, sauver votre honneur et votre vie. Votre courage n'est point de venir ici ; tandis qu'un mot de vous calmera ce pauvre peuple, et, de tous ces loups, fera des brebis. Montez au balcon, parlez, et tout finira bien.

En effet, la situation était grave. Ces gens n'avaient qu'à se serrer pour étouffer le duc et tous ceux qui l'accompagnaient.

Par bonheur, les métiers les plus rapprochés du prince étaient les métiers riches, les bouchers, les poissonniers ; ceux-là, étant riches, étaient modérés. Ils entourèrent le duc.

— Monseigneur, dit un de leurs chefs, vous êtes en sûreté parmi nous comme l'enfant dans le ventre de sa mère, et, s'il le faut, nous mourrons pour vous défendre. Mais, au nom de Dieu, ayez patience, ne vous emportez point ; qu'aucun de vos serviteurs surtout ne s'avise de lever la main : nous pouvons bien endurer que vous nous frappiez, vous ; mais tout autre en serait puni sur-le-champ.

Le duc comprit qu'il n'y avait rien de mieux à

faire que de monter au balcon, comme le sire de Gruthuse lui en avait donné le conseil, et, faisant signe qu'il voulait parler :

— Mes enfants, dit-il en flamand, Dieu vous garde! Je suis votre prince et légitime seigneur; je viens vous visiter, vous réjouir de ma présence; je veux vous faire vivre en paix et en prospérité. Je vous prie donc de vous comporter doucement. Tout ce que je pourrai faire pour vous, sauf mon honneur, je le ferai et vous accorderai tout ce qui me sera possible.

Ce langage toucha fort la multitude qui se mit à crier à tue-tête : — *Heer wel gekoómen* ! (Soyez le bienvenu, monseigneur!)

Le duc ne savait point assez de flamand pour faire à toute cette foule un plus long discours ; aussi le sire de Gruthuse reprit la parole afin d'expliquer en détail les bonnes intentions du duc.

Lorsque le sire de Gruthuse eut fini, quelques bourgeois s'approchèrent du balcon, et, remerciant le duc de sa bonté, lui demandèrent audience pour lui exposer leurs griefs.

Charles, content d'en être quitte à si bon marché, allait leur accorder leur audience; moyennant quoi, il y avait cent à parier contre un que tout allait s'arranger en famille, quand *un grand et rude vilain*, dit le chroniqueur, entré au palais on ne sait par où, arrivé jusqu'au balcon on ne sait comment, parut tout à coup près du prince, et, levant une main énorme armée d'un gantelet de fer noir, frappa sur le balcon pour demander silence.

De grands cris avaient salué son apparition; mais, en voyant qu'il voulait parler, chacun se tut.

Si courageux que fût le duc, il recula en apercevant cette espèce de géant, qui faisait une entrée si inattendue et venait compliquer le drame au moment où il paraissait près de se dénouer.

Mais l'homme au gantelet, sans paraître autrement s'inquiéter du duc:

— Mes frères qui êtes là-bas, dit-il en s'adressant aux gens des petits métiers, vous êtes venus pour faire vos doléances à notre prince ici présent, n'est-ce pas? — Oui, répondirent ceux auxquels il s'adressait; nous sommes venus pour cela, et nous en avons de grandes causes.

— D'abord, reprit le géant, vous voulez que ceux qui gouvernent la ville, que ceux qui désolent le prince et vous soient punis; n'est-ce pas, que vous le voulez? — Oui, oui, cria la foule.

— Vous voulez que la cueillotte soit abolie? — Nous le voulons.

— Vous voulez que vos portes condamnées soient rouvertes. — Oui.

— Vous voulez que vos bannières vous soient rendues? — Oui.

— Vous voulez ravoir vos chatellenies, vos chaperons blancs, vos anciennes franchises, n'est-il pas vrai? — Oui, cria-t-on avec une énergie croissante.

— Monseigneur, continua le géant à la main de fer, voilà pourquoi ces gens-là sont assemblés, et ce qu'ils demandent de vous. Maintenant, vous le savez : tâchez d'y pouvoir. J'ai parlé pour le bien, pardonnez-moi.

Le duc et le sire de Gruthuse se regardaient piteusement; jamais de telles paroles n'avaient été adressées au prince; s'il eût été seul, il eût sauté sur le géant, et, s'il n'eût point eu d'armes, il eût essayé de l'étouffer entre ses bras. Mais on était en face d'une multitude armée, ivre de sa folle nuit, protégée par sa châsse de saint Liévin, qu'elle ne voulait point reporter à Saint-Bavon qu'elle n'eût obtenu ce qu'elle désirait. Le duc était furieux, aussi bien contre les bourgeois que contre le menu peuple; il croyait qu'on l'avait fait tomber dans un piége, et que notables et gens des métiers s'étaient entendus pour le conduire où il était.

Un instant, il eut l'idée de mettre sa fille et son

argent dans un chariot, de faire entourer la voiture pas ses hommes d'armès, de lancer les archers en avant et de forcer le passage; mais on lui fit comprendre qu'il n'arriverait pas vivant jusqu'à la porte.

Frémissant de rage, il se décida à suivre l'avis de ses prudents serviteurs.

D'un commun accord, quelques bourgeois furent choisis pour s'entendre avec le conseil du duc, et le surlendemain Charles le Terrible fut forcé d'apposer sa signature au bas d'un traité qui rendait aux Gantois leurs anciennes franchises.

Moyennant quoi, le peuple quitta les armes et reporta à Saint-Bavon la châsse de saint Liévin.

Le 1er juillet, enfin, le duc sortit de Gand, après avoir bu le calice jusqu'à la lie, mais en jurant qu'il aurait sa revanche.

FIN DU PREMIER VOLUME.

TABLE

FIN DE LA TABLE DU PREMIER VOLUME

Paris. — Imprimerie de Wittersheim, rue Montmorency 8.

CPSIA information can be obtained
at www.ICGtesting.com
Printed in the USA
LVHW100606210323
742065LV00002B/168

9 783382 701291